唐詩選箋

中唐——‧晚唐

李由 著

序

一

詩是什麼？詩人是什麼？人是什麼？

詩者，志之所之也。孔子說：詩可以興，可以觀，可以群，可以怨；邇之事父，遠之事君；多識於鳥獸草木之名。孔子說：情欲信，詞欲巧。孔子又說：不學詩，無以言；不知禮，無以立；不知命，無以為君子。興、觀、群、怨，北宋張載訓為興己之善，觀人之志，群而思無邪，怨而止禮義；南宋朱熹解釋為感發意志，考見得失，和而不流，怨刺上政。

人不是野獸，不是機器，不是神靈，人是具有情感、理性、夢想的生命個體和社會主體，個人應當是其價值進而也是人類價值的直接的、基本的判斷者和追求者。正如戰國《郭店楚簡》云：天生百物，人為貴；性自命出，命自天降，道始於情，情生於性。《孟子‧盡心下》亦稱：民為貴，社稷次之，君為輕。

然而，人類在經歷了諸如奧斯維辛集中營、古拉格勞改營、南京大屠殺等一次次滅絕人性的暴行，中國在經歷了白色恐怖、文革暴政、折回市場經濟之後，人類如何認識和實現自己？詩歌還要不要在，要不要寫，要不要讀？

法國波德萊爾指出：詩的目的是美；詩要表現純粹的願望、動人的憂鬱和高貴的絕望。

青年何其芳說：詩是為了抒寫自己，抒寫自己的幻想、感覺和情感，自己關於美、思索、為了愛的犧牲。

在心為志，發言為詩。詩是人類觀照世界、增華自我的一種方式。真正的詩歌，應當以個人為主體和目的，獨立人格，自由思想，溫柔敦厚，沉著痛快，直面人生的歡樂和苦難、想往和無奈，構造一個堅守著個體的剛健和理性，又充盈著人性的激情和溫厚的多彩世界，以抵禦人性的猙獰和荒謬。這樣，或許可以再談詩歌、生活或者理想。

在生命面前，理論是灰色的；在自由之上，生命是精彩的；在詩歌之外，文學是粗糙的。美是自由的象徵，詩是生命的華彩。神祇可死，詩人不死；人類只要存在，生命只要運動，生活若要豐盈，社會若要光明，詩就應當活著！

二

詩簡單而豐富，純淨而深遠，是人類的生命意識的自然流露，語言對生活的具象表達，心靈對世界的個體反映。而基於象形、會意、形聲、指事、轉注、假借等漢字特徵和思維方式的漢語詩歌，更是中國文學的文學，世界詩苑的奇葩。

不學詩，無以言；不知禮，無以立。閒時讀詩，秦漢古奧，齊梁浮豔，兩宋雖開闢新境，不免寒儉機趣。南宋以後，風骨摧折，元氣澆漓，而域外詩歌終有語言和文化的隔閡，最愛的還是風神俊朗、情韻綿邈、流派紛呈、各體皆工的唐詩。

王國維《宋元戲曲史・自序》：凡一代有一代之文學；楚之

騷，漢之賦，六代之駢文，唐之詩，宋之詞，元之曲，皆所謂一代
之文學，而後世莫能繼焉者也。

　　漢唐是大一統中國的青春時段，既發揚踔厲，開疆拓土，又八
方交通，萬國衣冠，自信，剛健，開放，包容。唐詩也是中國獨
立、成熟的詩歌文字，是人格健全、精神自由、情感充沛與形式嚴
整、體裁多元、手法競爭的藝術統一。

　　魯迅《致楊霽雲》：一切好詩，到唐已被做完。

　　聞一多宣稱：一般人愛說唐詩，我卻要說「詩唐」—懂得詩的
唐朝，才能欣賞唐朝的詩。

　　李夢陽等明代前後七子更極端地宣導：文必秦漢，詩必盛唐！

　　那麼，如何選擇、欣賞唐詩就是今人要做的事情了。

三

　　唐代（618~907）崛起於民族、文化大衝撞、大融合的南北
朝、隋代之後，七世紀時疆域橫跨歐亞，享國近三百年。但強大百
年的帝國自安史之亂後開始分崩離析，玄宗、代宗、德宗、僖宗、
昭宗竟然都曾被趕出長安。依其制度演進和社會特徵，唐代一般分
為初、盛、中、晚四期。

　　北宋宋祁首倡唐代文章之三變，南宋嚴羽首分唐詩為初唐、盛
唐、大曆、元和、晚唐五體，明代高棅將元和納入晚唐而分為初、
盛、中、晚四期，現代吳經熊則分唐詩為春、夏、秋、冬四季。或
按胡適《白話文學史》，唐詩亦有兒童、少年、成人、晚年四期：
兒童天真綺麗，少年激烈浪漫；成人氣平神豐，通脫冷峻；晚年則

余霞滿天，桑榆衰颯。

　　唐詩眾星璀璨，群卉芬芳。雖經千年風雨，散佚嚴重，但僅清代康熙御定《全唐詩》九百卷即收有作者兩千八百餘人，詩四萬九千四百零三首，刪除重出、誤收，實收約四萬五千首。經聞一多、陳寅恪、岑仲勉、傅璇琮、郁賢皓、陶敏、譚優學、陳尚君等人考辨，毛河世寧、孫望、王重民、童養年、佟培基、陳尚君、徐俊等人輯補，僅1992年《全唐詩補編》即增補唐詩六千三百二十七首，加上近年敦煌文獻、出土文物、域外漢籍、佛道二藏、傳世善本等所見佚詩，今存唐詩約五萬三千首。

　　數量繁多，優劣紛呈，除非專門的研究人員，或者偏愛一家，欣賞唐詩就往往通過選本完成了。

　　唐代詩歌的編輯自唐初即已開始，如崔融《珠英學士集》、孫翌（季良）《正聲集》，佚名《麗則集》、《搜玉集》，現在可知的唐人選唐詩即有一百多種，唐至清代的唐詩選本逾六百種。唐代崔融《珠英學士集》、殷璠《河嶽英靈集》、芮挺章《國秀集》、元結《篋中集》、高仲武《中興間氣集》、令狐楚《御覽詩》、《三舍人集》、姚合《極玄集》、《竇氏連珠集》、韋莊《又玄集》、韋縠《才調集》、趙崇祚《花間集》等十多種選本，以及敦煌石室寫本等留存至今。

四

　　作詩不易，選詩亦難。唐代之後，北宋李昉等《文苑英華》、王安石《唐百家詩選》、郭茂倩《樂府詩集》，南宋洪邁《萬首唐

人絕句》，明代胡震亨《唐音統籤》、清初季振宜《全唐詩》等搜集、編選唐人詩歌貢獻尤大。

如果編一本唐詩百首，難度似乎不大，因為比較容易從眾口流傳的優美唐詩中選出。

不過，百首詩歌，浮光掠影，掛一漏萬，顯然不能表現唐代詩人和詩歌的多重風貌。而且，編者不管目光如豆或者如炬，讀者一定趣味不一，眾口難調，這就註定了編選唐詩是一件吃力不討好的事情。

即如唐詩，選本繁雜，孫琴安《唐詩選本提要》即列示了清末以前的約六百種選本。近現代亦有俞陛雲《詩境淺說》、高步瀛《唐宋詩舉要》、聞一多《唐詩大系》、馬茂元《唐詩選》、施蟄存《唐詩百話》、中國社會科學院文學研究所《唐詩選》、蕭滌非等《唐詩鑒賞辭典》、冉雲飛《像唐詩一樣生活》、王兆鵬《唐詩排行榜》等眾多選本，而清代蘅塘退士（孫洙）的《唐詩三百首》居然至今暢行坊間。

比較而言，多種流行的選本都或多或少存在著未能全面、及時吸收唐詩研究的成果，立意、造論各該一端的缺點，重新編選唐詩也還是值得一試的冒險。

五

詩歌如何選擇、箋釋，藝術標準是什麼，面對哪部分讀者？一個難以兼美的難題。

詩言志，歌永言，聲依永，律和聲，八音克諧，無相奪倫。文

學之別於其他，在於以真情、實事為基礎，以具象、抒情為特徵。詩歌之別於散文、小說、戲劇，在於發諸情性，賦而比興，諧於律呂，超乎世塵，以源於自然、社會而高於自然、社會之真、之善為旨歸，以字詞精當、聲調諧和、境象獨特、意蘊深長之美而取勝。

　　唐代殷璠《河嶽英靈集》論曰：璠之所集，頗異諸家：既聞新聲，複曉古體，文質半取，風騷兩挾，言氣骨則建安為傳，論宮商則太康不逮。稍後日本遍照金剛《文鏡祕府論》卷四亦云：凡作詩之體，意是格，聲是律，意高則格高，聲辨則律清，格律全，然後始有調。

　　明初高啟《獨庵集序》云：詩之要，有曰格、意、趣。格以辨其體，意以達其情，趣以臻其妙也。體不辨則入於邪陋，而師古之義乖；情不達則墮於浮虛，而感人之實淺；妙不臻則流於近凡，而超俗之風微。

　　清代同治二年曾國藩致沅弟（曾國荃）書主張：以詩言之，必先有豁達光明之識，而後有恬淡沖融之趣。詩文應得陰陽之美，具氣勢、識度、情韻、趣味之象。

　　現代馬一浮《知性書院講錄・論語大義》稱：詩以感為體。令人感發興起，必假言說……「須是如迷忽覺，如夢忽醒，如仆者之起，如病者之蘇，方是興也」。

　　朱光潛《詩的隱與顯》指出，詩的要素有三種：就骨子裏說，詩要表現一種情趣；就表面說，詩有意象，有聲音。詩以情趣為主，應新穎情趣見於諧和聲音，寓於具體意象。

　　傅庚生《中國文學欣賞舉隅》序：文學之欣賞，所取資於文學作品者不外為內容與形式兩方面。……情必持之以理，理必融之以情，……約之以感情、想像、理性、形式四者。

　　近現代詩論則揭櫫：人是社會實踐的主體和目的，是自覺、自為的社會主體，每個人的自由發展是一切人的自由發展的條件！人類理性雖然只提出自己能夠解決的任務，但理性是並且應當是個人激情的奴隸，詩是並且應當是激情的結晶和自由的象徵。

　　唐詩表現的個人情感、社會生活和外在世界，前人已多有論述。唐詩的藝術特徵，可以從命意、章法、格律、風調等方面認識和評判。

　　唐詩的編選準則，類如孔子選詩，殷璠《河嶽英靈集》，清代王士禛《唐賢三昧集》、沈德潛《唐詩別裁集》、管世銘《讀雪山房唐詩鈔》、蘅塘退士《唐詩三百首》、曾國藩《十八家詩鈔》，近現代陳衍《宋詩精華錄》、沈祖棻《唐人七絕詩淺釋》，大致可借而用之。

六

　　唐詩的演進、詩人的風格和詩歌的藝術，特別是唐詩的分期，中唐詩歌的志趣、體裁、題材、風格等方面的重大變化以及與宋詩的關係等問題，相關研究已汗牛充棟，毋庸贅述。

　　唐詩演進雖承前啟後，錯綜復雜，亦可大致分為初、盛、中、晚四期：初唐襲六朝餘韻，開承平詩風，富豔精緻，諸體初備；盛唐剛健熱烈，發揚踔厲，氣象闊大，諸音瀏亮；中唐創新詩法，開拓詩境，百花齊放，流派紛呈；晚唐感而悱惻，哀而沉郁，詞密句麗，思遠韻永。

　　以詩歌範式論，清初吳喬《圍爐詩話》云：唐人能自闢宇宙、

開宗立派者，唯李、杜、昌黎、義山。現代領袖風騷、眾所稱許的，則是李、杜、白三大家，或王維、李白、杜甫、白居易、李商隱五大家。

以分期歷史論，初唐王績、杜審言、王勃、沈佺期、宋之問、陳子昂、張說，盛唐張九齡、孟浩然、李頎、王昌齡、王維、高適、李白、杜甫、岑參，中唐錢起、劉長卿、韋應物、李益、張籍、王建、韓愈、白居易、劉禹錫、柳宗元、賈島、李賀，晚唐許渾、杜枚、溫庭筠、李商隱、韋莊、韓偓等人，可為各期詩人的代表。

個人偏愛的詩人，首推李白、杜甫，各選約百首；次屬王維、李商隱，各選約六十首。四人之詩，最好還是讀其全集。至於其他詩人膾炙人口的佳作，亦披沙揀金，兼容並蓄。

本書正選唐代詩人一百八十九位，詩歌約八百餘首。所選唐詩，可以誦讀幾年以至一生了。

七

這本唐詩選箋，閱讀人群主要是受過基礎教育的漢語讀者。

入選詩人，按照其生年的順序排列；生年不詳者，參照其登第、仕宦、交遊等情況而定。然詩人生卒與唐詩分期並非完全符合，大致而言，自虞世南至張謂為初唐，自張旭至劉灣為盛唐，自錢起至李賀為中唐，自許渾至譚用之為晚唐。

詩人小傳，兼顧其里貫、生平、文學和評價，因人而異，各有側重。其資料來源，參照往古與晚近、紙上與地下、國內與國外等

多重資料，相互參證，裁量而定。如王無競、上官婉兒、李隆基、王之渙、高適、暢諸、張萬頃、戴叔倫、韋應物、盧綸、姚合等人生平，即根據新出碑銘而重新修訂。

每位詩人作品，大致按照五言、七言、近體、古體的順序編排。作品文本，主要依據清代彭定求等編、中華書局1999年出版《全唐詩》，陳尚君輯校、中華書局1992年出版《全唐詩補編》，兼顧早期文本與考釋成果，從先、從優而酌定。

詩之箋注，雖不可少，但應簡潔。詩無達詁，言人人殊；興發於此，義歸於彼。關鍵、疑難之字詞、人名、地名、典故、本事等，以及重要異文，人多不知者，精注；人多知之者，少注或不注。部分正選作品，為揭示其創作上的前緣後影，適當附錄古今其他詩人作品，以助讀者瞭解和理解。

作詩難，讀詩難，選詩、解詩亦難。管世銘《讀雪山房唐詩鈔》曾自許：雖不敢謂盡有唐詩之勝，而凡為詩人之所當吟諷及有裨於詩教者，宜無不在。這一選本，當是竭力博採眾家，薈萃精義，標舉詩法，發抉義蘊。但一人性情，難免顧此失彼；一人識見，難免孤陋寡聞。我的關注、選擇、箋釋，你們是否會意、感通、喜歡？

二〇〇七年初稿，二〇一五年定稿。

目次
CONTENTS

中唐

錢起

　　錢起（715？～780？）字仲文，吳興（浙江吳興）人。約生於開元初期，少杜甫數歲，其《奉和張荊州巡農晚望》作於開元二十六、七年間，天寶十年進士。曾任祕書省校書郎、藍田尉，終尚書考功郎中。與劉長卿、郎士元齊名，稱「錢劉」、「錢郎」，然錢似不及劉，而勝於郎。錢起年輩較高，聲望卓著，高仲武《中興間氣集》列錢起為大曆詩人之首。時出牧奉使，若無錢、郎賦詩送別，則為時論所鄙。錢起生值唐代盛衰轉型之期，宦官擅權，地方割據，社會動盪，民生多艱，然錢郎之輩創作推陳出新，爭奇鬥豔，刻畫精細，句秀律和，風格通脫冷雋，清空蕭颯，殊少反映社會問題。其侄懷素善書法，草書入聖。有《錢考功集》。

早下江寧

蕞天微雨散，涼吹片帆輕。雲物高秋節，山川孤客情。
霜蘋留楚水，寒雁別吳城。宿浦有歸夢，愁猿莫夜鳴。

湘靈鼓瑟①

善鼓雲和瑟，常聞帝子靈。馮夷徒自舞，楚客不堪聽②。
苦調淒金石，清音入杳冥。蒼梧來怨慕，白芷動芳馨。
流水傳湘浦，悲風過洞庭。曲終人不見，江上數峰青。

①錢起天寶十年省試《湘靈鼓瑟》，結句「曲終人不見，江上數峰青」，主
試官李暐大加讚賞，以為「必有神助」。此詩雖非傑出，於省試詩中已屬
佳構。
②雲和，古山名，《禮記‧春官宗伯第三》有「孤竹之管，雲和之琴瑟，雲
門之舞」，此指瑟，二十五弦；馮夷，黃河之神，水神。

送外甥懷素上人歸鄉侍奉①

釋子吾家寶，神清慧有餘。能翻梵王字，妙盡伯英書。
遠鶴無前侶，孤雲寄太虛。狂來輕世界，醉裏得真如。
飛錫離鄉久，寧親喜臘初。故池殘雪滿，寒柳霽煙疏。
壽酒還嘗藥，晨餐不薦魚。遠知禪誦外，健筆賦閒居。

①懷素（737～799？）俗姓錢，湖南長沙零陵人，其《自敘帖》云「懷素
家長沙，幼而事佛，經禪之暇，頗好筆翰。」懷素《題張僧繇醉僧圖》
云：「人人送酒不曾沽，終日松間掛一壺。草聖欲成狂便發，真堪畫入醉
僧圖。」

歸雁

瀟湘何事等閒回？水碧沙明兩岸苔。

二十五弦彈夜月，不勝清怨卻飛來①。

①前兩句倒裝：水碧沙明兩岸苔，瀟湘何事等閒回？亦如歐陽修《戲答元
　珍》首兩句：「春風疑不到天涯，二月山城未見花。」

贈闕下裴舍人

二月黃鸝飛上林，春城紫禁曉陰陰。

長樂鐘聲花外盡，龍池柳色雨中深。

陽和不散窮途恨，霄漢長懸捧日心。

獻賦十年猶未遇，羞將白髮對華簪。

裴迪

　　裴迪（716～？）字不詳，河東聞喜人。初與王維、崔興中居終南山，同唱和。天寶後在蜀州，與杜甫友善。後仕為蜀州刺史、尚書省郎，存詩一卷。

宮陌槐

門前宮陌槐，是向欹湖道①。秋來山雨多，落葉無人掃。

①此為裴迪與王維唱和《輞川集》二十首之八。王維同題之作：「仄徑蔭宮槐，幽陰多綠苔。應門但迎掃，畏有山僧來。」

皇甫冉

　　皇甫冉（718？～771？）字茂政，郡望安定，潤州丹陽（江蘇丹陽）人，十歲能屬文，張九齡深器之。天寶十五年進士，任左金吾衛兵曹參軍、無錫尉，後入王縉幕，大曆二年遷左拾遺、轉右補闕，奉使江左，傅璇琮考或大曆六年卒於丹陽。與弟皇甫曾俱為肅宗、代宗時著名詩人，號「二皇甫」，有《皇甫冉集》。

送王司直

西塞雲山遠，東風道路長。人心勝潮水，相送過潯陽。

雨雪

風沙悲久戍，雨雪更勞師。絕漠無人境，將軍苦戰時。
山川迷向背，氛霧失旌旗。徒念天涯事，年年芳草期。

歸渡洛水

暝色赴春愁①，歸人南渡頭。渚煙空翠合，灘月碎光流。
澧浦饒芳草②，滄浪有釣舟。誰知放歌客，此意正悠悠。

①「赴春愁」，後有改為「起春愁」。王安石、胡仔等人以「赴」好，今錢
　鍾書《管錐編・毛詩正義》仍引為「暝色起春愁」。
②澧音李，澧水本洞庭湖支流，澧浦即醴浦，此泛指水邊。

送魏十六還蘇州

秋夜沉沉此送君，陰蟲切切不堪聞。
歸舟明日毗陵道，回首姑蘇是白雲。

春思①

鶯啼燕語報新年，馬邑龍堆路幾千。
家住秦城鄰漢苑②，心隨明月到胡天。
機中錦字論長恨，樓上花枝笑獨眠。
為問元戎竇車騎，何時反旆勒燕然③？

①一作劉長卿詩，題為「賦得」，此據令狐楚《御覽詩》。
②秦城」一作「層城」。
③竇車騎，東漢竇憲，和帝時竇憲為車騎將軍，出師擊破北匈奴，出塞三千
　餘里，登燕然山，刻石勒功。旆音配，旗；反旆，班師。

三月三日義興李明府後亭泛舟①

　　江南煙景復如何，聞道新亭更可過？
　　處處蓺蘭春浦綠，萋萋藉草遠山多。
　　壺觴須就陶彭澤，時俗猶傳晉永和。
　　更使輕橈徐轉去，微風落日水增波。

①一問一答，江南煙景娓娓道來。一作劉長卿詩，題為《三月李明府後亭泛舟》，當誤。

賈至

　　賈至（718～772）字幼鄰，一作幼幾，洛陽人。天寶初明經擢第，以校書郎為單父尉。安祿山之亂，從唐玄宗幸蜀，任知制誥、中書舍人。賈至為文典雅華贍，唐玄宗受命冊文為其父賈曾所撰，肅宗即位於靈武，玄宗令賈至作傳位冊文，讚歎「兩朝盛典出卿家父子手，可謂繼美」。賈至為官清正，後出為汝州刺史，貶岳州司馬。唐代宗即位，復為中書舍人，官終右散騎常侍，謚文。

春思

草色青青柳色黃，桃花歷亂李花香。
東風不為吹愁去，春日偏能惹恨長。

早朝大明宮呈兩省僚友 ①

銀燭朝天紫陌長，禁城春色曉蒼蒼。
千條弱柳垂青瑣，百囀流鶯繞建章。
劍珮聲隨玉墀步，衣冠身染御爐香。
共沐恩波鳳池上，朝朝染翰侍君王。

①唐時帝王每日臨朝視事。玄宗晚年，漸廢務荒政，白居易《長恨歌》有「春宵苦短日高起，從此君王不早朝」。肅宗至德二年（757），唐軍收復長安，朝政恢復。乾元元年（758），賈至、王維並任中書舍人，賈作此詩呈兩省僚友，王維、右補闕岑參有《和賈舍人早朝大明宮》。王維：「絳幘雞人報曉籌，尚衣方進翠雲裘。九天閶闔開宮殿，萬國衣冠拜冕旒。日色纔臨仙掌動，香煙欲傍袞龍浮。朝罷須裁五色詔，珮聲歸到鳳池頭。」岑參：「雞鳴紫陌曙光寒，鶯囀皇州春色闌。金闕曉鐘開萬戶，玉階仙仗擁千官。花迎劍珮星初落，柳拂旌旗露未乾。獨有鳳皇池上客，陽春一曲和皆難。」左拾遺杜甫亦有《奉和賈至舍人早朝大明宮》：「五夜漏盡催曉箭，九重春色醉仙桃。旌旗日暖龍蛇動，宮殿風微燕雀高。朝罷香煙攜滿袖，詩成珠玉在揮毫。欲知世掌絲綸美，池上於今有鳳毛。」後人多認為，岑詩用意周密，格律精嚴，當為第一；王維頷聯「九天閶闔開宮殿，萬國衣冠拜冕旒」高華典雅、雄渾端正，正盛唐氣概，惜絳幘、翠裘、衣冠、冕旒、袞龍詞意重復，次之；杜甫頷聯非早朝景象，頸聯氣弱語俗，而賈作平易率爾，皆殿後。

嚴維

嚴維（718？～780？）字正文，越州山陰（浙江紹興）人。至德二年（757）進士，曾為諸暨尉、右補闕，有《嚴維集》。

酬劉員外見寄[1]

蘇耽佐郡時，近出白雲司[2]。藥補清羸疾，窗吟絕妙詞。
柳塘春水漫，花塢夕陽遲[3]。欲識懷君意，明朝訪楫師。

①劉員外指劉長卿，時任睦州司馬。
②「蘇耽佐郡時」，據葛洪《神仙傳・蘇仙公》，蘇耽，西漢桂陽郴縣人，文帝時得道，養母至孝，但無佐郡之事。今陳增傑意校「蘇耽」為「盧耽」，因盧耽亦仙人，且曾為州郡佐吏。「近出白雲司」，白雲司指刑部，但劉長卿未曾供職刑部，「白雲司」莫名其妙。
③北宋梅堯臣以為，「柳塘春水漫，花塢夕陽遲」，天容時態，融和駘蕩，意新語工，得前人所未道。然中晚唐詩人精於鍛鍊字句，全篇往往不稱，此詩亦然。

劉長卿

　　劉長卿（？～790？）字文房，宣州（安徽宣城）人。今傅璇琮等人考證，劉長卿生於725年前後，或為天寶七年楊譽、包何、李嘉祐、李棲筠同榜進士。劉長卿才高性剛，頗淩浮俗，多忤權門，兩遭遷謫：肅宗至德三年任長洲尉攝海鹽令，貶潘州南巴尉；大曆中任淮西鄂岳轉運留後，又被誣貶睦州司馬。官終隨州刺史，後避亂江東。詩調高雅，傷而不怨，每題詩但書「長卿」，以天下無不知其姓名者云，權德輿稱為「五言長城」。王士禎稱七律李頎、王維正宗，杜甫大家，而劉長卿接武。中唐詩歌風格多樣，傑出者當推劉章、二李、韓孟、張王、元白、劉柳、姚賈諸人。有《劉隨州集》。

逢雪宿芙蓉山人

日暮蒼山遠，天寒白屋貧。柴門聞犬吠，風雪夜歸人。

送靈澈

蒼蒼竹林寺，杳杳鐘聲晚。荷笠帶斜陽，青山獨歸遠。

聽彈琴

泠泠七弦上，靜聽松風寒。古調雖自愛，今人多不彈。

尋南溪常道士

一路經行處，莓苔見屐痕。白雲依靜渚，芳草閉閒門。
遇雨看松色，隨山到水源。溪花與禪意，相對亦忘言。

送李中丞歸漢陽別業

流落征南將，曾驅十萬師。罷歸無舊業，老去戀明時。
獨立三邊靜，輕生一劍知。茫茫江漢上，日暮欲何之。

岳陽館中望洞庭湖

萬古巴丘戍，平湖此望長。問人何淼淼，愁暮更蒼蒼。
疊浪浮元氣，中流沒太陽。孤舟有歸客，早晚達瀟湘。

新年作

鄉心新歲切，天畔獨潸然①。老至居人下，春歸在客先。
嶺猿同旦暮，江柳共風煙。已似長沙傳，從今又幾年？

①新年、除夕，故園、他鄉？故國青山遍，滄江白髮新。

碧澗別墅喜皇甫侍御相訪

荒村帶返照，落葉亂紛紛。古路無行客，寒山獨見君①。
野橋經雨斷，澗水向田分。不為憐同病，何人到白雲？

①劉長卿頻以「蒼」、「古」、「孤」、「寒」等作對，若「日暮蒼山遠，
　天寒白屋貧」，「楚國蒼山古，幽州白日寒」，「古路無行客，寒山獨見
　君」。高仲武《中興間氣集》卷下評劉長卿詩：「大抵十首已上，語意稍
　同，於落句尤甚，思銳才窄也。」

穆陵關北逢人歸漁陽

逢君穆陵路，匹馬向桑乾。楚國蒼山古，幽州白日寒。
城池百戰後，耆舊幾家殘？處處蓬蒿遍，歸人掩淚看。

經漂母墓

昔賢懷一飯，茲事已千秋。古墓樵人識，前朝楚水流。
渚蘋行客薦，山木杜鵑愁。春草茫茫綠，王孫舊此遊。

秋日登吳公臺上寺遠眺

古臺搖落後，秋入望鄉心。野寺來人少，雲峰隔水深。
夕陽依舊壘，寒磬滿空林。惆悵南朝事，長江獨至今。

餘干旅舍^①

搖落暮天迥，青楓霜葉稀。孤城向水閉，獨鳥背人飛。
渡口月初上，鄰家漁未歸。鄉心正欲絕，何處擣寒衣？

①饒州餘干，今江西餘干，劉長卿寄寓於此。中唐皎然《詩式》，有偷語、
偷意、偷勢三偷之說。張籍《宿江上館》詩，語、意兼似，亦一奇也：
「楚驛南渡口，夜深來客稀。月明見潮上，江靜覺鷗飛。旅望今已遠，此
行殊未歸。離家久無信，又聽擣征衣。」

松江獨宿^①

洞庭初下葉，南客不勝愁。明月天涯夜，青山江上秋。
一官成白首，萬里寄滄洲。久被浮名系，寧無愧海鷗。

①一作唐穆宗時周賀（僧清塞）詩，「洞庭」二句作「洞庭初葉下，旅客不
勝愁」，此據《文苑英華》卷二九二。

宿懷仁由南湖寄東海荀處士

向夕斂微雨，晴開湖上天。離人正惆悵，新月愁嬋娟。
佇立白沙曲，相思滄海邊。浮雲自來去，此意誰能傳？
一水不相見，千峰隨客船。寒塘起孤雁，夜色分鹽田。
時復一延首，憶君如眼前。

負謫後登干越亭作

天南愁望絕，亭上柳條新。落日獨歸鳥，孤舟何處人。
生涯投越徼，世業陷胡塵。杳杳鐘陵暮，悠悠鄱水春。
秦臺悲白首，楚澤怨青蘋。草色迷征路，鶯聲傷逐臣。
獨醒空取笑，直道不容身。得罪風霜苦，全生天地仁。
青山數行淚，滄海一窮鱗。牢落機心盡，唯憐鷗鳥親。

酬李穆見寄[①]

孤舟相訪至天涯，萬轉雲山路更賒。
欲掃柴門迎遠客，青苔黃葉滿貧家。

①李穆為劉長卿之婿，其《寄妻父劉長卿》云：「處處雲山無盡時，桐廬南
望轉參差。舟人莫道新安近，欲上潺湲行自遲。」

自夏口至鸚鵡洲夕望岳陽寄源中丞

汀洲無浪復無煙，楚客相思益渺然。
漢口夕陽斜渡鳥，洞庭秋水遠連天。
孤城背嶺寒吹角，獨樹臨江夜泊船。
賈誼上書憂漢室，長沙謫去古今憐。

送郎士元①

春風倚棹闔閭城，水國春寒陰復晴。
細雨濕衣看不見，閒花落地聽無聲②。
日斜江上孤帆影，草綠湖南萬里情。
東道若逢相識問，青袍今已誤儒生。

①此題據高仲武《中興間氣集》，一作「別嚴士元」。

長沙過賈誼宅

三年謫宦此棲遲，萬古唯留楚客悲。
秋草獨尋人去後，寒林空見日斜時。
漢文有道恩猶薄，湘水無情弔豈知？
寂寂江山搖落處，憐君何事到天涯。

送陸澧倉曹西上

長安此去欲何依，先達誰當薦陸機。
日下鳳翔雙闕迴，雪中人去二陵稀。
舟從故里難移棹，家住寒塘獨掩扉。
臨水自傷流落久，贈君空有淚沾衣。

登余干古縣城

孤城上與白雲齊，萬古荒涼楚水西。
官舍已空秋草沒，女牆猶在夜烏啼。
平沙渺渺迷人遠，落日亭亭向客低。
飛鳥不知陵谷變，朝來暮去弋陽溪。

送李錄事兄歸襄鄧

十年多難與君同，幾處移家逐轉蓬。
白首相逢征戰後，青春已過亂離中。
行人杳杳看西月，歸馬蕭蕭向北風。
漢水楚雲千萬里，天涯此別恨無窮。

送耿拾遺歸上都

若為天畔獨歸秦，對水看山欲暮春。
窮海別離無限路，隔河征戰幾歸人。
長安萬里傳雙淚，建德千峰寄一身。
想到郵亭愁駐馬，不堪西望見風塵。

獻淮寧軍節度使李相公①

建牙吹角不聞喧②，三十登壇眾所尊。
家散萬金酬士死，身留一劍答君恩。
漁陽老將多回席③，魯國諸生半在門。
白馬翩翩春草綠，邵陵西去獵平原。

①李相公，李希烈，建中二年加檢校右僕射、同平章事即宰相，然李希烈狼
　戾無親，建中三年擁兵叛亂，劉長卿響之過甚。王世貞、胡應麟等人推崇
　此詩措語得宜，體氣開張，周敬、許學夷舉為中唐七律第一。
②牙，牙旗，將軍之旗。
③回席，避席，表示謙恭。

江州重別薛六柳八二員外

生涯豈料承優詔，世事空知學醉歌。
江上月明胡雁過，淮南木落楚山多。
寄身且喜滄洲近，顧影無如白髮何。
今日龍鍾人共老，愧君猶遣慎風波。

元結

　　元結（719～772）字次山，號猗玕子、漫叟等，河南魯山人。天寶十三年進士，值安史之亂，曾歸隱湖北大冶猗玕洞。後任監察御史、尚書郎、道州刺史、容管經略史、左金吾衛大將軍兼御史中丞。乾元三年，集當時沈千運、王季友等七人詩二十四首為《篋中集》。元結兼擅詩文，為中唐古文與新樂府運動之先導者。有《元次山集》。

賊退示官吏①

　　癸卯歲，西原賊入道州，焚燒殺掠，幾盡而去。明年，賊又攻永破邵，不犯此州邊鄙而退。豈力能制敵，蓋蒙其傷憐而已。諸使何為，忍苦徵斂？故作詩一篇，以示官吏。

昔歲逢太平，山林二十年。泉源在庭戶，洞壑當門前。
井稅有常期，日晏猶得眠。忽然遭世變，數歲親戎旃。
今來典斯郡，山夷又紛然。城小賊不屠，人貧傷可憐。
是以陷鄰境，此州獨得全。使臣將王命，豈不如賊焉？
今彼徵斂者，迫之如火煎。誰能絕人命，以作時世賢？
思欲委符節，引竿自刺船。將家就魚麥，歸老江湖邊。

①癸卯歲，廣德元年（763）。杜甫於夔州讀《賊退示官吏》、《春陵行》
　二篇，極口稱讚。

石魚湖上醉歌

漫叟以公田米釀酒，因休暇，則載酒於湖上，時取一醉。歡醉中，據湖岸，引臂向魚取酒，使舫載之，遍飲坐者。意疑倚巴丘酌於君山之上，諸子環洞庭而坐，酒舫泛泛然觸波濤而往來者，乃作歌以長之。

石漁湖，似洞庭，夏水欲滿君山青。

山為尊，水為沼，酒徒歷歷坐洲島。

長風連日作大浪，不能廢人運酒舫。

我持長瓢坐巴丘，酌飲四座以散愁[1]。

[1]北宋崔唐臣留別蘇頌、呂夏卿詩：「集賢仙客問生涯，買得漁舟度歲華。案有黃庭尊有酒，少風波處便為家。」

張繼

　　張繼（？～？）字懿孫，郡望南陽，襄州襄陽人，與獨孤及、李白、皇甫冉、劉長卿、章八元、顧況等人有贈答，當生於開元初。天寶十二年進士，大曆初以檢校祠部郎中為洪州鹽鐵判官，大曆末年卒於洪州。博覽有識，頗矜氣節，其《感懷》詩云：「調與時人背，心將靜者論。終年帝城裏，不識五侯門。」有《張祠部集》。

楓橋夜泊①

月落烏啼霜滿天，江楓漁火對愁眠。
姑蘇城外寒山寺，夜半鐘聲到客船。

①此詩題高仲武《中興間氣集》作「夜泊松江」，松江又名吳江、吳松江、吳淞江，即張繼夜泊之江；「江楓」一作「江村」。

閶門即事

耕夫召募逐樓船，春草青青萬頃田。
試上吳門窺郡郭，清明幾處有新煙？

李康成

　　李康成（？～？）字、生卒不詳，天寶前後人，劉長卿約大曆十三年有詩《嚴陵釣臺送李康成赴江東使》。曾編《玉臺後集》，選陳後主、隋煬帝、江總、庾信以下二百九人，詩六百七十首，自載其詩八首，惜已佚。

採蓮曲

採蓮去，月沒春江曙。
翠鈿紅袖水中央，青荷蓮子雜衣香，
雲起風生歸路長。
歸路長，哪得久；各回船，兩搖手。

嚴武

　　嚴武（726～765）字季鷹，嚴挺之之子，華州華陰（陝西華陰）人。以蔭調太原府參軍，累遷殿中侍御史。兩次鎮蜀，大敗吐蕃，以軍功封鄭國公，杜甫曾得其關照。然頗自矜大，性情暴戾，曾手刃父妾，棒殺刺史，又生活奢靡，徵斂無度。

軍城早秋

　　昨夜秋風入漢關，朔雲邊月滿西山。
　　更催飛將追驕虜，莫遣沙場匹馬還①。

①杜甫《奉和嚴大夫軍城早秋》：「秋風嫋嫋動高旌，玉帳分弓射虜營。已收滴博雲間戍，更奪蓬婆雪外城。」

顧況

　　顧況（727？～820？）字逋翁，聞一多、趙昌平等人定其生年約開元十五年，晚號華陽山人，蘇州海鹽（浙江海寧）人。至德二年進士，工詩善畫，曾入韓滉、柳渾幕，為祕書省校書郎、著作（佐）郎，貞元五年貶為饒州司戶參軍。顧況七十喪子，追悼深切。其年又生一子，名非熊，自言即其子復生，非熊角逐場屋三十年而於會昌五年登第。晚年歸隱句曲茅山，以壽九十卒，應在元和元年之後，或云仙去。有《華陽集》。

棄婦詞

古人雖棄婦，棄婦有歸處。今日妾辭君，辭君欲何去。
本家零落盡，慟哭來時路。憶昔未嫁君，聞君甚周旋。
及與同結髮，值君適幽燕。孤魂托飛鳥，兩眼如流泉。
流泉咽不燥，萬里關山道。及至見君歸，君歸妾已老。
物情棄衰歇，新寵方妍好。拭淚出故房，傷心劇秋草。
妾以憔悴捐，羞將舊物還。餘生欲有寄，誰肯相留連。
空牀對虛牖，不覺塵埃厚。寒水芙蓉花，秋風墮楊柳。
記得初嫁君，小姑始扶牀。今日君棄妾，小姑如妾長。
回頭語小姑：莫嫁如兄夫。

宮詞

玉樓天半起笙歌，風送宮嬪笑語和。
月殿影開聞夜漏，水晶簾捲近秋河。

題葉道士山房

水邊垂柳赤闌橋，洞裏仙人碧玉簫。
近得麻姑音信否？潯陽江上不通潮。

郎士元

　　郎士元（727？～？）字君胄，中山（河北定縣）人，避亂而羈滯江南。天寶十五年進士，寶應元年授渭南尉，歷左拾遺、員外郎、郢州刺史。詩與錢起齊名，並稱「錢郎」，有《郎士元集》。

盩厔縣鄭礒宅送錢大①

暮蟬不可聽，落葉豈堪聞②？共是悲秋客，那知此路分。
荒城背流水，遠雁入寒雲。陶令東籬菊，餘花可贈君。

①詩題一作「送別錢起」。盩厔音周至，位於長安之西，今改名周至；礒音易，錢大即錢起。
②高仲武《中興間氣集》稱首聯工於發端，而後人多評「不可聽」、「豈堪聞」合掌無味。

聽鄰家吹笙

鳳吹聲如隔彩霞，不知牆外是誰家。
重門緊鎖無尋處，疑有碧桃千樹花①。

①其《柏林寺南望》：「溪上遙聞精舍鐘，泊舟微徑度深松。青山霽後雲猶在，畫出西南四五峰。」《贈強山人》：「或掉輕舟或杖藜，尋常適意釣前溪。草堂竹徑在何處？落日孤煙寒渚西。」唐詩虛處傳神、曲盡其妙者

甚多，如初唐玄奘《題中嶽山》：「孤峰絕頂萬餘嶒，策杖攀蘿漸漸登。行到目邊天上寺，白雲相伴兩三僧。」盛唐景雲《畫松》：「畫松一似真松樹，且待尋思記得無？曾在天臺山上見，石橋南畔第三株。」韓翃（一作李益）《宿石邑山中》：「浮雲不共此山齊，山靄蒼蒼望轉迷。曉月暫飛高樹裏，秋河隔在數峰西。」李翱《贈藥山高僧惟儼》：「練得身形似鶴形，千株松下兩函經。我來問道無餘說，雲在青天水在瓶。」

李嘉祐

　　李嘉祐（728？～779？）別名從一，祖籍趙州（河北趙縣），約生於開元初。天寶七年（748）進士，曾任祕書省正字、鄱陽尉、江陰令，袁州、臺州刺史，後閒居吳越一帶，卒於大曆末，世稱「李袁州」。與劉長卿、錢起、嚴維、皇甫冉等人唱酬，王夫之稱其五律為中唐第一。有《李嘉祐集》。

送王牧往吉州謁王使君叔

細草綠汀洲，王孫耐薄遊。年華初冠帶，文體舊弓裘[1]。
野渡花爭發，春塘水亂流[2]。使君憐小阮，應念倚門愁[3]。

[1] 薄遊，薄宦，為薄俸而做官；冠帶，官紳裝束，言入仕；弓裘，語出《禮記·學記》，謂世代相傳之事業或美德。
[2] 高仲武《中興間氣集》盛稱此聯，而清末王闓運《唐詩選》云此聯與題無干，別是寫景佳句。
[3] 小阮，西晉名士阮咸，阮籍之侄，此指使君之侄王牧。

自常州還江陰途中作

處處空籬落，江村不忍看。無人花色慘，多雨鳥聲寒。
黃霸初臨郡，陶潛未罷官。乘春務征伐，誰肯問凋殘？

晚登江樓有懷

獨坐南樓佳興新，青山綠水共為鄰。
爽氣遙分隔浦岫，斜光偏照渡江人。
心閒鷗鳥時相近，事簡魚竿私自親。
只憶帝京不可到，秋琴一弄欲沾巾。

自蘇臺至望亭驛人家盡空春物增思悵然有作因寄從弟紓

南浦菰蔣覆白蘋，東吳黎庶逐黃巾①。
野棠自發空流水，江燕初歸不見人。
遠樹依依如送客，平田渺渺獨傷春。
那堪回首長洲苑，烽火年年報虜塵。

①菰蔣，茭白；黃巾，指寶應元年浙東袁晁農民起義。大曆詩人身歷安史之
　亂，社會矛盾激烈，但詩境狹隘，多風花雪月、宦情別緒之作。李嘉祐於
　社會生活頗有觀察思索，如其《宋州東登望題武陵驛》等詩「白骨半隨河
　水去，黃雲猶傍郡城低。平陂戰地花空落，舊苑春田草未齊。」

竇叔向

　　竇叔向（？～779？）字遺直，扶風平陵（即京兆金城，陝西興平）人。少與常袞同燈火，永泰二年或大曆初進士，歷國子博士、轉運判官、江陰令、左拾遺、溧水令，元和二年歸葬河南偃師。有五子常、牟、群、庠、鞏皆工詞章，常、牟、鞏舉進士，時稱「五竇」。集七卷已佚，存詩九首。

夏夜宿表兄話舊

夜合花開香滿庭，夜深微雨醉初醒。
遠書珍重何曾達，舊事淒涼不可聽。
去日兒童皆長大，昔年親友半凋零。
明朝又是孤舟別，愁見河橋酒幔青[①]。

①尊前故舊凋零半，亂後文章感慨多。王安石寄其妹王文淑《示長安君》，亦樸素自然，骨肉情深：「少年離別意非輕，老去相逢亦愴情。草草杯盤供笑語，昏昏燈火話平生。自憐湖海三年隔，又作塵沙萬里行。欲問後期何日是，寄書應見雁南征。」

皎然

　　皎然（729？～796？）字清晝，湖州長城（浙江長興）人。本姓謝，謝靈運十世孫，幼入道，與靈澈、陸羽（鴻漸）同居吳興杼山妙喜寺。性放逸，外學超然，詩興閒適。參與顏真卿《韻海鏡錄》修撰，其《詩式》、《詩議》品評詩作，揚榷古今，時有妙解，貞元中湖州刺史于頔編其詩為《杼山集》。

尋陸鴻漸不遇①

移家雖帶郭，野徑入桑麻。近種籬邊菊，秋來未著花。
扣門無犬吠，欲去問西家。報導山中去，歸時每日斜②。

①陸羽（733～804）不知所生，嗜茶，著《茶經》三卷十章，言茶之原、法、具尤備，鬻茶者祀為茶神。
②「歸時每日斜」一作「歸來日每斜」。

司空曙

　　司空曙（？～790？）字文明，一作文初，廣平（河北永年）人，一作京兆人。風儀朗邁，品節耿介，大曆初進士，曾任洛陽尉、左拾遺、長林丞，貞元四年已入韋皋幕，終虞部郎中。有《司空文明集》。

雲陽館與韓紳宿別

故人江海別，幾度隔山川。乍見翻疑夢，相悲各問年[1]。
孤燈寒照雨，濕竹暗浮煙。更有明朝恨，離杯惜共傳。

[1] 久別重逢，悲喜交集。又如郎士元《長安逢故人》之「馬上相逢久，人中欲認難」，戴叔倫《江鄉故人偶集客舍》之「還作江南會，翻疑夢裏逢」，李益《喜見外弟又言別》之「問姓驚初見，稱名憶舊容」。

新蟬

今朝蟬忽鳴，遷客若為情。便覺一年老，能令萬感生。
微風方滿樹，落日稍沉城。為問同懷者，凄涼聽幾聲？

喜外弟盧綸見宿

靜夜四無鄰，荒居舊業貧。雨中黃葉樹，燈下白頭人①。
以我獨沉久，愧君相見頻。平生自有分，況是蔡家親。

①韋應物《淮上遇洛陽李主薄》有「窗裏人將老，門前樹已秋」，李嘉祐
《暮秋遷客增思寄京華》有「倚樹看黃葉，逢人話白頭」，白居易《途中
感秋》有「樹初黃葉日，人欲白頭時」，而司空曙句情與景會，人與天
合，自然淡遠，不著痕跡，最優。

賊平後送人北歸

世亂同南去，時清獨北歸。他鄉生白髮，舊國見青山。
曉月過殘壘，繁星宿故關。寒禽與衰草，處處伴愁顏①。

①賊平，當指廣德元年（763），史朝義戰敗，歸范陽自縊，安史之亂終於
平定。

江村即事

釣罷歸來不系船，江村月落正堪眠。
縱然一夜風吹去，只在蘆花淺水邊。

閒園即事寄暕公

欲就東林寄一身，尚憐兒女未成人。
柴門客去殘陽在，藥圃蟲喧秋雨頻。
近水方同梅市隱，曝衣多笑阮家貧。
深山蘭若何時到，羨與閒雲作四鄰。

鄭錫

　　鄭錫（？～？）字、生卒、里貫不詳。寶應二年進士，曾任禮部員外郎。工詩，與李嘉祐、李端、司空曙等人多有酬唱。

送客之江西

　　乘軺奉紫泥，澤國渺天涯。九派春潮滿，孤帆暮雨低。草深鶯斷續，花落水東西。更有高唐處，知君路不迷。

皇甫曾

　　皇甫曾（？～785）字孝常，潤州丹陽（江蘇丹陽）人。天寶十二年（753）進士，曾任監察御史、舒州司馬、陽翟令。與其兄皇甫冉並有詩名，時稱「二皇甫」，存詩一卷。

送孔徵士

　　谷口山多處，君歸不可尋。家貧青史在，身老白雲深。
掃雪開松徑，疏泉過竹林。餘生負丘壑，相送亦何心。

李冶

　　李冶（732?～784）字季蘭，吳興（浙江吳興）人。
美姿容，善彈琴，工格律，多有佳句。後為女道士，放誕
風流，活動於天寶、大曆間，曾與陸羽、朱放、劉長卿、皎
然等人交往。後因上詩叛將朱泚，有「九有徒□歸夏禹，八
方神氣助神堯」、「聞道乾坤再含育，生靈何處不逍遙」等
句，德宗責之：汝何不學嚴巨川「手持禮器空垂淚，心憶明
君不敢言？」令撲殺之。高仲武《中興間氣集》評其「形氣
既雄，詩意亦蕩」。

寄校書七兄①

無事烏程縣，差池歲月餘②。不知芸閣吏，寂寞竟何如。
遠水浮仙棹，寒星伴使車③。因過大雷岸，莫忘幾行書④。

①詩題一作「送韓校書」。其《溪中臥病寄校書兄》：「臥病無人事，閉門
　向水清。已看雲聚散，更睹木枯榮。未恐溪邊老，多為世上輕。鶺原如不
　顧，誰復急難情。」
②差池，參差、幾乎之意，「差池」一作「蹉跎」。
③芸閣、芸臺，皇家藏書之處，芸閣吏指祕書省校書郎；寒星、使車，指校
　書七兄年終出使，典出《後漢書‧方術列傳上》。
④大雷岸，南朝宋鮑照有《登大雷岸與妹書》。

陷賊後寄故夫①

日日青山上，何曾見故夫。古詩渾漫語，教妾採蘼蕪。
鼙鼓喧城下，旌旗拂座隅。蒼黃未得死，不是惜微軀。

① 《全唐詩》僅收殘句：「鼙鼓喧行選，旌旗拂座隅。」今徐俊、榮新江等
人從俄羅斯藏敦煌石室文書，發現晚唐著作郎蔡省風編選《瑤池新詠》殘
本，收有李季蘭、元淳等二十三位女詩人一百餘首詩。

相思怨

人道海水深，不抵相思半。海水尚有涯，相思渺無畔。
攜琴上高樓，樓虛月華滿。彈著相思曲，弦腸一時斷。

戴叔倫

　　戴叔倫（732～789）字次公或幼公，一作名融，字叔倫，潤州金壇（江蘇金壇）人，曾避亂至江西鄱陽。早年師事蕭穎士，劉晏辟為幕府，兼領祕書正字、廣文博士、監察御史。大曆元年劉晏薦為湖南轉運留後至大曆十四年，建中初貶任東陽令，遷殿中侍御史、大理司直、侍御史，興元元年任撫州刺史，以政績卓著而爵賜譙縣男，未久隱退南昌、金壇。貞元四年，詔授容州刺史，次年年老請罷，卒於歸途。戴叔倫賦性溫雅，為政清明仁恕。其《述稿》十卷皆亡佚，《戴叔倫集》系明代編訂，竄偽者甚多，明代胡震亨已言及，今岑仲勉、傅璇琮、富壽蓀、蔣寅、陳尚君等人考訂，可信者一百八十餘首，備考約五十首，偽作約六十首。有蔣寅《戴叔倫詩集校注》。

三閭廟

　　沅湘流不盡，屈子怨何深！日暮秋風起，蕭蕭楓樹林。

江鄉故人偶集客舍

天秋月又滿，城闕夜千重。還作江南會，翻疑夢裏逢。
風枝驚暗鵲，露草覆寒蟲。羈旅長堪醉，相留畏曉鐘。

除夜宿石頭驛①

旅館誰相問，寒燈獨可親。一年將盡夜，萬里未歸人②。
寥落悲前事，支離笑此身。愁顏與衰鬢，明日又逢春。

①石頭驛，後人多以為在金陵（南京），與戴叔倫家鄉金壇相近，譏「萬里
未歸人」虛妄。按北魏酈道元《水經注·贛水》卷三十九云，「贛水又
徑（豫章）郡北，為津步，……水之西岸有磐石，謂之石頭，津步之處
也」。戴叔倫曾避亂、仕宦江西，石頭驛應在豫章（南昌）。
②梁武帝蕭衍《冬歌》：「一年漏將盡，萬里人未歸。君志固有在，妾軀乃
無依。」

臥病

門掩青山臥，莓苔積雨深。病多知藥性，客久見人心①。
眾鳥趨林健，孤蟬抱葉吟。滄洲詩社散，無夢盍朋簪。

①「病多知藥性」亦見盧綸《藍溪期蕭道士採藥不至》、于鵠《山中自述》
等詩。

蘇溪亭

蘇溪亭上草漫漫，誰倚東風十二闌[①]？
燕子不歸春事晚，一汀煙雨杏花寒。

①戴叔倫建中元年（780）任浙江東陽令，蘇溪、蘭溪皆在東陽附近。此詩
又見明初汪廣洋《鳳池吟稿》卷十，或以為非戴叔倫之作，今暫置戴叔倫
名下。

塞上曲

漢家旗幟滿陰山，不遣胡兒匹馬還。
願得此身長報國，何鬚生入玉門關？

少女生日感懷

五逢晬日今方見[①]，置爾懷中自憫然。
乍喜老身辭遠役，翻悲一笑隔重泉。
欲教針線嬌難解，暫弄琴書性已便。
還有蔡家殘史籍，可能分與外人傳。

①晬音最，嬰兒滿百日或周歲。戴叔倫先娶永州刺史韋采之女，繼室殿中侍
御史崔殷之女，皆早逝，有二子一女，此為幼女六歲生日所作，三年後戴
叔倫亦逝。

女耕田行

乳燕入巢筍成竹，誰家二女種新穀？
無人無牛不及犁，持刀斫地翻作泥。
自言家貧母年老，長兄從軍未娶嫂。
去年災疫牛困空，截絹買刀都市中。
頭巾掩面畏人識，以刀代牛誰與同。
姊妹相攜心正苦，不見路人唯見土。
疏通畦壟防亂苗，整頓溝塍待時雨。
日正南岡下餉歸，可憐朝雉擾驚飛。
東鄰西舍花發盡，共惜餘芳淚滿衣。

韓翃

　　韓翃（？～？）字君平，鄧州南陽人。天寶十三年進士，曾佐淄青等幕府，詩多贈別之作。唐代許堯佐《柳氏傳》、孟啟《本事詩》有韓翃與柳氏傳奇。唐德宗賞其「春城無處不飛花」，建中初年以駕部郎中知制誥，官終中書舍人。韓愈《荊潭唱和詩序》稱「歡愉之辭難工，窮苦之音易好」，然韓翃詩清麗諧婉，風流自賞，殊少淒苦之音。有《韓君平詩集》。

酬程延秋夜即事見贈

長簟迎風早，空城澹月華。星河秋一雁，砧杵夜千家。
節侯看應晚，心期臥已賒。向來吟秀句，不覺已鳴鴉。

送故人歸魯

魯客多歸興，居人悵別情。雨余衫袖冷，風急馬蹄輕。
秋草靈光殿，寒雲曲阜城。知君拜親後，少婦下機迎。

寒食

春城無處不飛花，寒食東風御柳斜。
日暮漢宮傳蠟燭，輕煙散入五侯家①。

①漢代有西漢成帝時外戚王譚等五侯，東漢桓帝時梁冀五侯、單超等五侯，
　此五侯當泛指皇帝寵倖、清明前夕賜火之權臣貴戚。至於此詩是否語含怨
　刺，眾説紛紜。但寒食賜火，惠而不費，且為漢唐故事，德宗欣賞，韓翃
　似不無歆羨之情。

贈李翼

王孫別舍擁朱輪，不羨空名樂此身。
門外碧潭春洗馬，樓前紅燭夜迎人①。

①此詩為賦體，「門外」一聯對仗工整，氣象富華。但全篇有起、承，無
　轉、合，似為半首七律，唐詩選本多不選之。

留題寧川香蓋寺壁①

愛遠登高塵眼開，為憐蕭寺上經臺。
山川誰識龍蛇蟄，天地自迎風雨來。
柳放寒條秋已老，雁搖孤翼暮空回。
何人會得其中事，又被殘花落日催。

①香蓋寺位於安徽寧國。韓翃七律多有佳句，辭藻清麗，而全篇不稱，如
　《送高別駕歸汴州》之「寒雨送歸千里外，東風沉醉百花前」，《送客還
　江東》之「池畔花深鬥鴨闌，橋邊雨洗藏鴉柳」。

耿湋

　　耿湋（734？～？）字洪源，河東（山西永濟）人。寶應二年進士。工詩，與錢起、盧綸、司空曙諸人齊名，大曆十才子之一。曾官盩厔尉、左拾遺，貶許州司法參軍，貞元中去世。有《耿湋集》。

秋日

反照入閭巷，憂來與誰語。古道無人行，秋風動禾黍。

盩厔客舍

寥寂荒壘下，客舍雨微微。門見苔生滿，心慚吏到稀。
籬花看未發，海燕欲先歸。無限堪惆悵，誰家復擣衣？

春日即事

數畝東皋宅，青春獨屏居。家貧僮僕慢，官罷友朋疏。
強飲沽來酒，羞看讀了書。閑花開滿地，惆悵復何如。

韋應物

　　韋應物（737？～791）字義博，京兆杜陵（陝西西安）人。年十五，以蔭補右千牛，後改羽林倉曹，為唐玄宗親衛，恃恩驕縱。及唐玄宗崩，始悔而折節讀書。據西安新出《唐故尚書左司郎中蘇州刺史京兆韋君（應物）墓誌銘》等資料，韋應物後任高陵尉、廷評、洛陽丞、河南兵曹、京兆功曹，除鄠縣、櫟陽令，領滁州、江州、蘇州刺史，封扶風男縣，為官清正，遇疾終於官舍。韋應物哀憫民生，愧疚無奈，有「邑有流亡愧俸錢」，「自慚居處崇，未瞻斯民康」等句。詩高雅閒淡，自成一家，尤長於五言，人以陶潛相比，稱「陶韋」，又與孟浩然、劉長卿、柳宗元合稱「孟韋」、「劉韋」、「韋柳」。錢鍾書借克羅齊之語，稱王維為「小的大詩人」，韋應物為「大的小詩人」。有《韋蘇州集》。

夜對流螢作

月暗竹亭幽，螢光拂席流。還思故園夜，更度一年秋[1]。

　　[1]韋應物小詩語淡情深，言簡意長。再如其《聞雁》：「故園眇何處？歸思方悠哉。淮南秋雨夜，高齋聞雁來。」

淮上喜會梁州故人

江漢曾為客，相逢每醉還。浮雲一別後，流水十年間。
歡笑情如舊，蕭疏鬢已斑。何因北歸去？淮上有秋山。

賦得暮雨送李冑

楚江微雨裏，建業暮鐘時。漠漠帆來重，冥冥鳥去遲。
海門深不見，浦樹遠含滋。相送情無限，沾襟比散絲。

寺居獨夜寄崔主簿

幽人寂不寐，木葉紛紛落。寒雨暗深更，流螢度高閣[1]。
坐使青燈曉，還傷夏衣薄。寧知歲方晏，離居更蕭索。

[1]王國維《人間詞話》稱，五代馮延巳（正中）詞《醉花陰》之「高樹鵲
銜巢，斜月明寒草」，韋蘇州之「流螢度高閣」，孟襄陽之「疏雨滴梧
桐」，不能過也。

淮上即事寄廣陵親故

前舟已渺渺，欲渡誰相待？秋山起暮鐘，楚雨連滄海。
風波離思滿，宿昔容鬢改。獨鳥下東南，廣陵何處在？

初發揚子寄元大校書[1]

淒淒去親愛，泛泛入煙霧。歸棹洛陽人，殘鐘廣陵樹。
今朝此為別，何處還相遇。世事波上舟，沿洄安得住？

[1]此詩四韻八句，兩聯對句，四聯分起承轉合，篇章句法皆似五言律詩。不過，因用仄韻而非平韻，平仄粘綴亦不合五律格式，仍屬古體詩，類如《新秋夜寄諸弟》、《長安遇馮著》、《寄全椒山中道士》、《夕次盱眙縣》等亦為古體。

長安遇馮著

客從東方來，衣上灞陵雨。問客何為來，采山因買斧。
冥冥花正開，颭颭燕新乳。昨別今已春，鬢絲生幾縷？

寄全椒山中道士

今朝郡齋冷，忽念山中客。澗底束荊薪，歸來煮白石。
欲持一瓢酒，遠慰風雨夕。落葉滿空山，何處尋行跡[1]？

[1]意融於象，人境合一。南朝沈約《別范安成》：「生平少年日，分手易前期。及爾同衰暮，非復別離時。勿言一尊酒，明日難重持。夢中不識路，何以慰相思？」蘇軾驚羨韋詩不已，和作《寄羅浮鄧道士》：「一杯羅浮春，遠餉採薇客。遙知獨酌罷，醉臥松下石。幽人不可見，清嘯聞月夕。聊戲庵中人，空飛本無跡。」

月夜

皓月流春城，華露積芳草。坐念綺窗空，翻傷清景好。
清景終若斯，傷多人自老。

郡齋雨中與諸文士燕集

兵衛森畫戟，燕寢凝清香。海上風雨至，逍遙池閣涼①。
煩痾近消散，嘉賓復滿堂。自慚居處崇，未睹斯民康②。
理會是非遣，性達形跡忘。鮮肥屬時禁，蔬果幸見嘗。
俯飲一杯酒，仰聆金玉章。神歡體自輕，意欲凌風翔。
吳中盛文史，群彥今汪洋。方知大藩地，豈曰財賦強。

①明代楊慎《升庵詩話》卷八評，前四句「兵衛森畫戟，燕寢凝清香。海上
　風雨至，逍遙池閣涼」為一代絕倡。而恨其結句「吳中盛文史，群彥今汪
　洋。方知大藩地，豈曰財賦強」，乃類張打油、胡釘鉸之語也。顧況適與
　此會，和詩《酬本部韋左司》止十六句。宋人《麗澤編》亦無末四句，末
　四句或為吳中淺學所增。
②自慚居處崇，未睹斯民康，此語高貴、悲憫。

傷逝①

染白一為黑，焚木盡成灰。念我室中人，逝去亦不回。
結髮二十載，賓敬如始來。提攜屬時屯，契闊憂患災。
柔素亮為表，禮章夙所該。仕公不及私，百事委令才。
一旦入閨門，四屋滿塵埃。斯人既已矣，觸物但傷摧。
單居移時節，泣涕撫嬰孩。知妄謂當遣，臨感要難裁。
夢想忽如睹，驚起復徘徊。此心良無已，繞屋生蒿萊②。

①韋應物妻元蘋，字佛力，大曆十一年（776）卒。韋應物今存悼亡詩《送
　終》、《傷逝》、《對芳樹》等十九首，《故夫人河南元氏墓誌銘》，皆
　誠痛感人。
②詩人寫夢，虛實相襯，新舊勾連，更覺痛苦。

登樓寄王卿

踏閣攀林恨不同，楚雲滄海思無窮。
數家砧杵秋山下，一郡荊榛寒雨中。

滁州西澗①

獨憐幽草澗邊生，上有黃鸝深樹鳴。
春潮帶雨晚來急，野渡無人舟自橫。

①歐陽修極愛此詩。滁州山水，一經韋應物、歐陽修題詠，頓增聲色。蘇舜
　欽《淮中晚泊犢頭》同調而工：「春陰垂野草青青，時有幽花一樹明。晚
　泊孤舟古祠下，滿川風雨看潮生。」

燕李錄事

與君十五侍皇闈，曉拂爐煙上赤墀。
花開漢苑經過處，雪下驪山沐浴時。
近臣零落今猶在，仙駕飄颻不可期。
此日相逢思舊日，一杯成喜亦成悲。

寄李儋元錫

去年花裏逢君別，今日花開已一年。
世事茫茫難自料，春愁黯黯獨成眠。
身多疾病思田里，邑有流亡愧俸錢①。
聞道欲來相問訊，西樓望月幾回圓？

① 邑有流亡愧俸錢，仁者之言。官俸官祿，民膏民脂。執政為官之戒誓，
《尚書・商書》已載，西漢揚雄有卿、尹、州、牧箴二十五篇。晚唐杜荀
鶴《自敍》亦直言：「寧為宇宙閒吟客，怕作乾坤竊祿人。」

冷朝陽

　　冷朝陽（？～？）字、生卒不詳，江寧人。大曆四年進士，不待授官，即歸江寧省親，時錢起、李嘉祐、韓翃、李端等人大會餞行，賦詩送別，為一時盛事。曾任太子正字、監察御史、潞州節度使從事。

送紅線①

採菱歌怨木蘭舟，送客魂消百尺樓。
還似洛妃乘霧去，碧天無際水空流。

①冷朝陽曾為潞州節度使薛嵩從事。唐代袁郊傳奇《甘澤謠》，寫魏博節度使田承嗣與薛嵩爭鬥，薛嵩青衣紅線潛入田府，從田承嗣枕旁取回金盒，薛嵩遣人送回。田驚怛絕倒，不敢入侵，兩地得安。紅線離開薛家時，冷朝陽曾為此歌而送。今梁羽生《大唐遊俠傳》、《龍鳳寶釵緣》等小說，亦寫（薛）紅線等事。

于良史

　　于良史（？～？）字、里貫、生平不詳。唐肅宗至德中為侍御史，貞元中曾為張建封從事。今存詩七首。

春山月夜

　　春山多勝事，賞玩夜忘歸。掬水月在手，弄花香滿衣①。
興來無遠近，欲去惜芳菲。南望鐘鳴處，樓臺深翠微。

　　①逸興幽情，結成妙想。句法雖工，終屬纖巧。其《江上送友人》亦為人稱
　　　引：「看爾動行棹，未收離別筵。千帆忽見及，亂卻故人船。紛泊雁群
　　　起，逶迤沙溆連。長亭十里外，應是少人煙。」

冬日野望寄李贊府

　　地際朝陽滿，天邊宿霧收。風兼殘雪起，河帶斷冰流①。
北闕馳心極，南圖尚旅遊。登臨思不已，何處得銷愁。

　　①明初佚名《詩淵》作劉方平詩，此據《文苑英華》卷二五六。胡應麟《詩
　　　藪・內編》卷四評：盛唐句如「海日生殘夜，江春入舊年」，中唐句如
　　　「風兼殘雪起，河帶斷冰流」，晚唐句如「雞聲茅店月，人跡板橋霜」，
　　　皆形容景物，妙絕千古，而盛、中、晚界限斬然。故知文章關氣運，非
　　　人力。

戎昱

戎昱（740？～806？）字、生卒不詳，岐州扶風人，一說荊州南郡（湖北江陵）。生年當在開元年間，約卒於大曆十四年後。舉進士不第，乃放遊四方。曾佐衛伯玉、崔瓘、李昌巙幕，建中、貞元時任辰州、虔州刺史。有《戎昱集》。

別離作

手把杏花枝，未曾經別離。黃昏掩門後，寂寞自心知。

詠史[①]

漢家青史上，計拙是和親。社稷依明主，安危託婦人。豈能將玉貌，便擬淨胡塵？地下千年骨，誰為輔佐臣？

①據范攄《雲溪友議》卷下，唐憲宗朝以北狄頻侵邊境，大臣奏議和親之利。憲宗舉戎昱《詠史》詩，笑曰：「魏絳（和戎）之功，何其懦也！」遂息和戎之論。

長安秋夕

八月更漏長，愁人起常早。閉門寂無事，滿院生秋草。
昨宵北窗夢，夢入荊南道①。遠客歸去來，在家貧亦好。

①戎昱善寫夢，其《桂州臘夜》：「坐到三更盡，歸仍萬里賒。雪聲偏傍
　竹，寒夢不離家。曉角分殘漏，孤燈落碎花。二年隨驃騎，辛苦向天
　涯。」《羅江客舍》：「山縣秋雲暗，茅亭暮雨寒。自傷庭葉下，誰問客
　衣單。有興時添酒，無聊懶整冠。近來鄉國夢，夜夜到長安。」

移家別湖上亭

好是春風湖上亭，柳條藤蔓系離情。
黃鶯久住渾相識，欲別頻啼四五聲。

旅次寄湖南張郎中

寒江近戶漫流聲，竹影臨窗亂月明。
歸夢不知湖水闊，夜來還到洛陽城。

早梅①

一樹寒梅白玉條，迥臨村路傍溪橋。
不知近水花先發，疑是經春雪未銷。

①《全唐詩》又作張謂詩，此據《文苑英華》卷三二二。

張志和

　　張志和（？～？）初名龜齡，生卒約在天寶初至建中、元和間，婺州金華（浙江金華）人。以明經擢第，博學多才，詩畫俱佳。安史之亂後獻策於唐肅宗，深蒙器重，賜名志和，字子同，令其為翰林待詔，旋降為南浦尉。後辭官，居江湖，性邁不束，自稱煙波釣徒，又號玄真子。然沿溪垂釣，每不設餌，志不在魚。顏真卿任湖州刺史，張志和、皎然等人遊於門下，顏真卿為張志和造舴艋舟，逝而為撰碑銘。有《玄真子》。

漁歌[①]

其一

　　西塞山前白鷺飛，桃花流水鱖魚肥。
　　青箬笠，綠蓑衣，斜風細雨不須歸。

其二

　　釣臺漁父褐為裘，兩兩三三舴艋舟。
　　能縱棹，慣乘流，長江白浪不曾憂。

①張志和雜言《漁歌》五首，分詠西塞山、青草湖、釣臺、霅溪、松江漁釣
　生活，盡道漁父之樂，約作於大曆初年。時顏真卿、陸羽、徐士衡、李
　成矩等人共和二十五首，遞相誇尚，影響久遠，南卓、柳宗元等人續有
　唱和。

李端

　　李端（743？～790？）字正己，籍貫趙郡。大曆五年進士，任祕書省校書郎、杭州司馬，卒於興元元年之後。姚合《極玄集》初揭李端「與盧綸、吉中孚、韓翃、錢起、司空曙、苗發、崔洞（峒）、耿湋、夏侯審唱和，號十才子」。《新唐書》所載大曆十才子亦同，後人多持此說。然北宋江休復《江鄰幾雜誌》（即《嘉祐雜誌》）云，「大曆十才子：盧綸、錢起、郎士元、司空曙、李端、李益、李嘉祐、耿湋、苗發、皇甫曾、吉中孚，共十一人。或無吉中孚，有夏侯審。」兩份名單，只李端、盧綸、錢起等人相同，韓翃、李益、郎士元、李嘉祐等人出入，而苗發、崔峒、夏侯審等人詩名不著，後人多有爭論。有《李端詩集》。

拜新月

開簾見新月，便即下階拜。細語人不聞，北風吹裙帶①。

①如此良夜，豈宜「北風」？李端擅寫少女情態，又如《聽箏》：「鳴箏金粟柱，素手玉房前。欲得周郎顧，時時誤拂弦。」

茂陵山行陪韋金部

宿雨朝來歇，空山秋氣清。盤雲雙鶴下，隔水一蟬鳴。
古道黃花落，平蕪赤燒生。茂陵雖有病，猶得伴君行。

九日贈司空文明

我有惆悵詞，待君醉時說。長來逢九日，難與菊花別。
摘卻正開花，暫言花未發。

盧綸

盧綸（744？～800？）字允言，郡望范陽，京兆萬年（陝西西安）人。天寶末，盧綸數舉進士不第，其四子後皆擢進士。因元載等推薦，曾任閿縣尉、集賢學士、密縣令、昭應令，終河中朔方副元帥參謀檢校戶部郎中，贈兵部尚書。有《盧綸詩集》。

和張僕射塞下曲①

其一

鷲翎金僕姑，燕尾繡蝥弧②。獨立揚新令，千營共一呼。

其二

林暗草驚風，將軍夜引弓。平明尋白羽，沒在石棱中。

其三

月黑雁飛高，單于夜遁逃。欲將輕騎逐，大雪滿弓刀。

其四

野幕蔽瓊筵，羌戎賀勞旋。醉和金甲舞，雷鼓動山川。

①原作六首，選其前四。張僕射指張延賞，其原作已不存。
②金僕姑，箭名。螯弧，軍中指揮之旗。

送李端

故關衰草遍，離別正堪悲。路出寒雲外，人歸暮雪時。
少孤為客早，多難識君遲。掩泣空相向，風塵何所期？

逢病軍人

行多有病住無糧，萬里還鄉未到鄉。
蓬鬢哀吟古城下，不堪秋氣入金瘡①。

①可與中唐趙微明《回軍跛者》、晚唐張喬《河湟舊卒》對讀。

晚次鄂州

雲開遠見漢陽城，猶是孤帆一日程。
估客晝眠知浪靜，舟人夜語覺潮生。
三湘愁鬢逢秋色，萬里歸心對月明。
舊業已隨征戰盡，更堪江上鼓鼙聲？

至德中途中書事卻寄李僴

亂離無處不傷情，況復看碑對古城。
路繞寒山人獨去，月臨秋水雁空驚。
顏衰重喜歸鄉國，身賤多慚問姓名。
今日主人還共醉，應憐世故一儒生。

于鵠

　　于鵠（746？～？）字、生卒、里貫不詳，大曆、貞元間詩人。早年與樊澤同學於河朔（河北邢臺一帶），曾入樊澤幕，輾轉南北，貞元十二年前後歸山，約卒於貞元末，張籍有《哭于鵠》。

惜花

夜來花欲盡，始惜兩三枝。早起尋稀處，閒眠記落時。
蕊焦蜂自散，蒂折蝶還移。攀著殷勤別，明年更有期。

江南曲

偶向江邊採白蘋，還隨女伴賽江神。
眾中不敢分明語，暗擲金錢卜遠人。

李益

　　李益（746～829）字君虞，郡望涼州姑臧，籍貫隴西狄道，少時內遷，家於洛陽。大曆四年進士，初任鄭縣尉、主簿。久不得陞遷，後漫遊燕趙、吳越，曾入幽州、盧龍節度使幕，往往倚馬作文，橫槊為詩，多抑揚激勵悲離之作。唐憲宗因其能詩，召為祕書少監、集賢殿學士，終禮部尚書。李益風流有辭藻，每一篇就，樂工賂求之，被於雅樂，與劉長卿合稱「劉李」，與宗人李賀合稱「二李」。有《李君虞集》。

江南曲

嫁得瞿塘賈，朝朝誤妾期。早知潮有信，嫁與弄潮兒[1]。

[1]情之真者、癡者，蠻不講理，而理直氣壯。《詩經·鄭風·褰裳》有句：「子不我思，豈無他人？」

喜見外弟又言別[1]

十年離亂後，長大一相逢。問姓驚初見，稱名憶舊容。
別來滄海事，語罷暮天鐘。明日巴陵道，秋山又幾重。

①崔峒《喜逢妻弟鄭損因送入京》，亦寫此情：「亂後自江城，相逢喜復
驚。為經多載別，欲問小時名。對酒悲前事，論文畏後生。遙知盈卷軸，
紙貴在江城。」

竹窗聞風寄苗發司空曙

微風驚暮坐，臨牖思悠哉。開門復動竹，疑是故人來①。
時滴枝上露，稍沾階下苔。何當一入幌，為拂綠琴埃。

①「開門復動竹」，唐代蔣防《霍小玉傳》引作「開簾風動竹」。

賦得早燕送別

碧草縵如線，去來雙飛燕。長門未有春，先入班姬殿。
梁空繞不息，簷寒窺欲遍。今至隨紅萼，昔還悲素扇。
一別與秋鴻，差池詎相見①。

①詠物易作而難工，初唐李嶠詠物詩逾百首，但有賦體，絕少比興。唐代詠
物，唯杜甫、李益、李商隱或形神兼備，物我相融，遺貌取神，陸龜蒙、
羅隱、崔魯、唐彥謙間有佳作。

夜上受降城聞笛

回樂烽前沙似雪，受降城外月如霜。
不知何處吹蘆管，一夜征人盡望鄉。

從軍北征

天山雪後海風寒，橫笛偏吹行路難。
磧裏征人三十萬，一時回首月中看。

暮過回樂烽

烽火高飛百尺臺，黃昏遙自磧西來。
昔時征戰回應樂，今日從軍樂未回。

寫情

水紋珍簟思悠悠，千里佳期一夕休。
從此無心愛良夜，任他明月下西樓①。

①其《行舟》鄉愁淡淡，韻致悠悠：「柳花飛入正行舟，臥引菱花信碧流。
聞道風光滿揚子，天晴共上望鄉樓。」

上汝州郡樓

黃昏鼓角似邊州，三十年前上此樓①。
今日山川對垂淚，傷心不獨為悲秋。

①河南汝州本為京畿近地，安史之亂以來竟頻為戰場，勢同邊境，難怪詩人
登樓垂淚。

宮怨

露濕晴花春殿香，月明歌吹在昭陽。
似將海水添宮漏，共滴長門一夜長。

過五原至飲馬泉①

綠楊著水草如煙，舊是胡兒飲馬泉。
幾處吹笳明月夜，何人倚劍白雲天。
從來凍合關山路，今日分流漢使前。
莫遣行人照容鬢，恐驚憔悴入新年。

①詩題又作「過五原胡兒飲馬泉」、「過九原飲馬泉」、「鹽州胡兒飲馬泉」等，胡兒飲馬泉在豐州（治所九原，漢稱五原郡，今內蒙古五原）城北，又名鵰鶆泉，詩題「鹽州」誤，鹽州治所五原，今陝西定邊。

同崔邠登鸛雀樓

鸛雀樓西百尺檣，汀洲雲樹共茫茫。
漢家簫鼓空流水，魏國山河半夕陽①。
事去千年猶恨速，愁來一日即為長。
風煙並起思歸望，遠目非春亦自傷。

①山西關帝廟曾有一聯：「吳宮花草埋幽徑，魏國山河半夕陽。」

柳中庸

　　柳淡（？～775）字中庸，以字行，郡望河東解（山西運城），京兆長安人，柳宗元族叔。柳中庸幼善屬文，學通百氏，為蕭穎士之婿，與皎然、李端、陸羽等人友善。

征人怨

　　歲歲金河復玉關，朝朝馬策與刀環。
　　三春白雪歸青塚，萬里黃河繞黑山①。

①全篇無一怨字，而征戰之苦盡現。開元中，尉遲匡《塞上曲》有句：「夜夜月為青塚鏡，年年雪作黑山花。」李白《上皇西巡南京歌》十首之四，尾聯寫南京（今成都）亦精整莊嚴：「誰道君王行路難，六龍西幸萬人歡。地轉錦江成渭水，天回玉壘作長安。」

孟郊

　　孟郊（751～814）字東野，湖州武康（浙江德清）人，
生於昆山，青年隱居嵩山，後漫遊江南。貞元十二年進士。
貞元十六年任溧陽尉，詩酒為樂，不事曹務，被罰半俸。元
和九年，鄭餘慶奏為興元軍參謀、試大理評事，孟郊自洛陽
前往，病逝於閺鄉，張籍等人私諡「貞曜先生」。孟郊年長
於韓愈，二人多聯句，詩作奇詭矯激，並稱「韓孟」。為詩
獨開生面，遂成僻寒之體，多窮苦之句，與賈島並稱「郊寒
島瘦」，張為《詩人主客圖》稱孟郊為「清奇僻苦主」。孟
郊、韓愈、賈島、李賀、以至盧仝、馬異等人，追求杜甫形
式之美，劌目鉥心，掏擢胃腎，往往過於刻畫，不倫不類，
失天真自然之趣。有《孟東野集》。

古別離

　　欲別牽郎衣：郎今到何處？不恨歸來遲，莫向臨邛去！

遊子吟①

慈母手中線，遊子身上衣。臨行密密縫，意恐遲遲歸。
誰言寸草心，報得三春暉。

①密密縫衣，更恐兒寒；言淺情深，母愛如海。清代蔣士銓《歲暮到家》：
「愛子心無盡，歸家喜及辰。寒衣針線密，家信墨痕新。見面憐清瘦，呼
兒問苦辛。低徊愧人子，不敢歎風塵。」黃景仁（仲則）《別老母》，意
尤酸悲：「搴帷拜母河梁去，白髮愁看淚眼枯。慘慘柴門風雪夜，此時有
子不如無。」

塘下行

塘邊日欲斜，年少早還家。徒將白羽扇，調妾木蘭花。
不是城頭樹，那棲來去鴉①。

①情深致婉，有六朝樂府味。

出門行

海風蕭蕭天雨霜，窮愁獨坐夜何長？
驅車舊憶太行險，始知遊子悲故鄉。
美人相思隔天闕，長望雲端不可越。
手持琅玕欲有贈，愛而不見心斷絕。
南山峨峨白石爛，碧海之波浩漫漫。
參辰出沒不相待，我欲橫天無羽翰。

李約

　　李約（751？～810？）字存博，汧國公李勉幼子，郡望隴西成紀，居於洛陽。元和四年官起居舍人，遷兵部員外郎。性清潔寡欲，喜博古探奇，工書善畫。又嗜茶，與陸羽、張又新論水品特詳。

觀祈雨

　　桑條無葉土生煙，簫管迎龍水廟前。
　　朱門幾處耽歌舞，猶恐春陰咽管弦①。

①南宋末蕭立之《偶成》慨歎：「雨妒遊人故作難，禁持閒了下湖船。城中豈知農耕好，卻恨慳晴放紙鳶。」

陳羽

　　陳羽（753～？）字、里貫不詳，江東（江蘇南部）人。貞元八年（792）進士，與韓愈、王涯、李絳、崔群等二十三人共為龍虎榜，曾官東宮衛佐，韓愈有《落葉一首送陳羽》。

吳城覽古

吳王舊國水煙空，香徑無人蘭葉紅。
春色似憐歌舞地，年年先發館娃宮。

從軍行

海畔風吹凍泥裂，枯桐葉落枝梢折。
橫笛聞聲不見人，紅旗直上天山雪。

楊巨源

　　楊巨源（755～833？）字景山，河中蒲州（山西永濟）人。貞元五年與進士，曾任夏陽尉、攝監察御史、祕書郎、太常博士、虞部員外郎、鳳翔少尹，以國子司業致仕。詩韻不為新語，用意聲律，旦暮吟詠不輟。有《楊巨源詩》。

城東早春

詩家清景在新春，綠柳纔黃半未勻。
若待上林花似錦，出門俱是看花人。

和侯大夫秋原山觀征人回

兩河戰罷萬方清，原上軍回識舊營[①]。
立馬望雲秋塞靜，射雕臨水晚天晴。
戍閒部伍分歧路，地遠家鄉寄旆旌。
聖代止戈資廟略，諸侯不復更長征。

①起句不凡，筆力雄健。其《贈張將軍》等詩，亦豪邁昂揚：「關西諸將揖容光，獨立營門劍有霜。知愛魯連歸海上，肯令王翦在頻陽。天晴紅幟當山滿，日暮清笳入塞長。年少功高人最羨，漢家壇樹月蒼蒼。」

武元衡

　　武元衡（758～815）字伯蒼，緱氏（河南偃師）人，武則天曾侄孫。建中四年進士，累辟使府，至監察御史，後為華原縣令。憲宗即位，進戶部侍郎，元和二年拜門下侍郎平章事，尋出為劍南節度使。元和八年徵還為相，力主削藩。元和十年六月早朝路上，武元衡為平盧節度使李師道遣刺客刺死，贈司徒，諡忠湣，御史中丞裴度亦被襲幾死。唐末張為作《詩人主客圖》，奉武元衡為「瑰奇美麗主」。有《臨淮詩集》。

春興

楊柳陰陰細雨晴，殘花落盡見流鶯。
春風一夜吹鄉夢，又逐春風到洛城。

胡令能

　　胡令能（？～？）生平、里貫不詳，中牟（河南中牟）圃田人。據范攄《雲溪友議》卷中、北宋錢易《南部新書》卷壬等書，胡令能少時為洗鏡鎪釘之業，德宗、憲宗（780～820）時居鄉里，能詩，不棄猥賤之業，遠近號為「胡釘鉸」。今存詩四首。

小兒垂釣①

蓬頭稚子學垂綸，側坐莓苔草映身。
路人借問遙招手，怕得魚驚不應人。

①胡令能敘述尋常瑣事，語言淺白易懂，亦詩之一體。再如其《喜韓少府見訪》：「忽聞梅福來相訪，笑著荷衣出草堂。兒童不慣見車馬，走入蘆花深處藏。」

權德輿

　　權德輿（759～818）字載之，天水略陽（甘肅秦安）人，家於潤州丹徒（江蘇鎮江）。幼以文章稱，德宗時召為太常博士，進中書舍人、禮部侍郎，三知貢舉。憲宗時拜禮部尚書，同中書門下平章事，後檢校吏部尚書留守東都，拜太常卿，徙刑部尚書，出為山南西道節度使，諡文。權德輿仕宦顯達，並以文章著稱，於貞元、元和間執掌文柄，三掌貢舉，舉賢類能，名重一時。有《權載之文集》。

嶺上逢久別者又別

　　十年曾一別，征路此相逢。馬首向何處？夕陽千萬峰。

李宣遠

　　李宣遠（？～？）字不詳，澧陽（湖南澧縣）人。約生活於德宗、憲宗時代，貞元間進士，曾與杜牧等人交遊。今存詩二首。

並州路

秋日並州路，黃榆落故關。孤城吹角罷，數騎射鵰還。
帳幕遙臨水，牛羊自下山。征人正垂淚，烽火起雲間。

王涯

　　王涯（764?～835）字廣津，太原人。博學工文，貞元
八年進士。元和時，累官袁州刺史、翰林學士、工部侍郎、
中書侍郎、同中書門下平章事。文宗嗣位，召拜太常卿，
以吏部尚書代王播總鹽鐵。大和七年進尚書右僕射，封代郡
公，以本官同中書門下平章事。大和九年十一月，甘露之變
敗，王涯、李訓、賈餗、舒元輿、王璠等人及禍，王涯全家
遭誅。今編詩一卷。

秋夜曲

　　桂魄初生秋露微，輕羅已薄未更衣。
　　銀箏夜久殷勤弄，心怯空房不忍歸。

張籍

　　張籍（766～830？）字文昌，祖籍吳郡，少時遷居和州烏江（安徽和縣）。初至長安，謁韓愈，韓愈一見如故，論心結契。貞元十五年進士，曾為太常寺太祝、水部郎中，終國子司業。張籍詩思清密，淒婉蘊藉。與王建於樂府古風自成機杼，同變時流，合稱「張王」。杜甫之後，唐詩風格丕變，貞元、元和間張王、韓孟、元白、劉柳、賈姚別創新體，各擅勝場，張籍、賈島五律於晚唐影響尤大。清代李懷民作《中晚唐詩人主客圖》，舉張籍為「清真雅正主」。有《張司業集》。

惜花

山中春已晚，處處見花稀。明日來應盡，林間宿不歸。

沒蕃故人①

前年伐月支，城下沒全師。蕃漢斷消息，死生長別離。無人收廢帳，歸馬識殘旗。欲祭疑君在，天涯哭此時。

①野蔓有情縈戰骨，殘陽何意照空城。其《別離曲》、《寄衣曲》、《征婦怨》，王建《渡遼水》等，亦揭露戰爭之苦難。

春日留別

遊人欲別離，醉復對花枝。看卻春又晚，莫輕少年時。
臨行記分處，回首是相思。各向天涯去，重來未有期。

江南春

江南楊柳春，日暖地無塵。渡口過新雨，夜來生白蘋。
晴沙鳴乳燕，芳樹醉遊人。向晚青山下，誰家祭水神？

薊北旅思

日日望鄉國，空歌白苧詞。長因送人處，憶得別家時。
失意還獨語，多愁只自知。客亭門外柳，折盡向南枝。

夜到漁家

漁家在江口，潮水入柴扉。行客欲投宿，主人猶未歸。
竹深村路暗，月出釣船稀。遙見尋沙岸，春風動草衣[1]。

①張籍擅寫行旅羈愁，再如《宿江店》：「野店臨西浦，門前有橘花。停燈
待賈客，賣酒與漁家。夜靜江水白，路回山月斜。閒尋泊船處，潮落見平
沙。」

雜怨

切切重切切，秋風桂枝折。人當少年嫁，我當少年別。
念君非征行，年年長遠途。妾身甘獨歿，高堂有舅姑。
山川豈遙遠，行人自不返。

秋思

洛陽城裏見秋風，欲作家書意萬重。
復恐匆匆說不盡，行人臨發又開封。

節婦吟①

君知妾有夫，贈妾雙明珠。
感君纏綿意，系在紅羅襦。
妾家高樓連苑起，良人執戟明光里。
知君用心如日月，事夫誓擬同生死。
還君明珠雙淚垂，恨不相逢未嫁時。

①詩題一作「節婦吟寄東平李司空師道」，李師道或為其兄李師古或其父李
　正己，三人皆為跋扈藩鎮，張籍因故婉拒。北宋姚鉉編《唐文粹》，置此
　詩於「貞節」目下，以為「發乎情，止乎禮義」。明代鍾惺、譚元春《唐
　詩歸》評：「節義肝腸，以情款語出之，妙妙。」而唐汝詢《唐詩解》批
　云：「系珠於襦，心許之矣。……彼婦之節，不幾岌岌乎？」

送遠曲

戲馬臺南山簇簇，山邊飲酒歌別曲。
行人醉後起登車，席上回尊勸僮僕。
青天漫漫覆長路，遠遊無家安得住。
願君到處自題名，他日知君從此去。

王建

　　王建（766～831？）字仲初，一作仲和，籍貫潁川（河南許昌），家於長安渭南莊。出身寒微，早年即與張籍交遊，曾走馬從軍十三年，元和時任昭應縣丞、太府寺丞、祕書郎，晚年任祕書丞、太常寺丞、陝州司馬，退居咸陽原上。王建於征戍、遷謫、行旅、離別、幽居、官況之作，俱能感動神思，尤擅為樂府。所作《宮詞》百首，時人傳誦，其組詩形式為後人繼承，如王涯《宮詞》三十首，曹唐大、小《遊仙詩》各百首。有《王建詩集》。

故行宮[1]

寥落古行宮，宮花寂寞紅。白頭宮女在，閒坐說玄宗。

　　[1]《文苑英華》卷三一一作王建詩，《容齋隨筆》卷二作元稹詩，題為「行宮」。

新嫁娘詞[1]

三日入廚下，洗手作羹湯。未諳姑食性，先遣小姑嘗。

　　[1]原作三首，選其三。韓偓《新上頭》則云：「學梳松鬢試新裙，消息佳期在此春。為愛好多心轉惑，遍將宜稱問傍人。」

望行人

自從江樹秋，日日望江樓。夢見離珠浦，書來在桂州。
不同魚比目，終恨水分流。久不開明鏡，多應是白頭。

望夫石①

望夫處，江悠悠。化為石，不回頭。
山頭日日風復雨，行人歸來石應語。

①李白、劉方平、孟郊、劉禹錫、唐彥謙、梅堯臣、王安石、陸遊、陳造、
顧炎武等人皆有同題之作。劉禹錫詩：「終日望夫夫不歸，化為孤石苦相
思。望來已是幾千載，只似當時初望時。」

雨過山村

雨裏雞鳴一兩家，竹溪村路板橋斜。
婦姑相喚浴蠶去，閒著中庭梔子花。

江陵使至汝州

回看巴路在雲間，寒食離家麥熟還。
日暮數峰青似染，商人說是汝州山。

送魏州李相公

百代功勳一日成，三年五度換雙旌。
閒來不對人論戰，難處長先自請行。
旗下可聞誅敗將，陣頭多是用降兵。
當朝面受新恩去，算料妖星不敢生。

水夫謠

苦哉生長當驛邊，官家使我牽驛船。
辛苦日多樂日少，水宿沙行如海鳥。
逆風上水萬斛重，前驛迢迢後淼淼。
半夜緣堤雪和雨，受他驅譴還復去。
夜寒衣濕披短蓑，臆穿足裂忍痛何。
到明辛苦無處說，齊聲騰踏牽船出。
一間茅屋何所直，父母之鄉去不得。
我願此水作平田，長使水夫不怨天[①]

①王建樂府結句，語雖平淡，而指斥深刻。再如《田家行》之「田家衣食無
　厚薄，不見縣門身即樂」，《涼州行》之「城頭山雞鳴角角，洛陽家家學
　胡樂」等。

寄遠曲[1]

美人別來無處所，巫山月明湘江雨。
千回相見不分明，井底看星夢中語。
兩心相對尚難知，何況萬里不相疑！

[1] 「井底看星夢中語」，王夫之《唐詩評選》譽為麗情奇句。張籍同題之
作：「美人來去春江暖，江頭無人湘水滿。浣沙石上水禽棲，江南路長春
日短。蘭舟桂楫常渡江，無因重寄雙瓊璫。」

田家留客

人家少能留我屋，客有新漿馬有粟。
遠行僮僕應苦饑，新婦廚中炊欲熟。
不嫌田家破門戶，蠶房新泥無風土。
行人但飲莫畏貧，明府上來何苦辛。
丁寧囘語屋中妻，有客勿令兒夜啼。
雙塚直西有縣路，我教丁男送君去[1]。

[1] 口中語，情至語。其《鏡聽詞》亦摹寫惟肖，如黃鸝巧囀，圓滑尖新。

令狐楚

　　令狐楚（766？～837）字殼士，號白雲孺子，先世居敦煌，宜州華原（陝西耀縣）人。貞元七年進士，憲宗時擢職方員外郎，知制誥，出為華州刺史，拜河陽懷節度使，入為中書侍郎，同平章事。憲宗去世，貶衡州刺史，後復為吏部尚書、尚書左僕射，封彭陽郡開國公，諡文。令狐楚才思俊麗，能文工詩，於箋奏制令尤善，李商隱即出其門下。長於樂府，元和十二年選進《御覽詩》，晚年常與劉禹錫、白居易唱和。

少年行①

弓背霞明劍照霜，秋風走馬出咸陽。
未收天子河湟地，不擬回頭望故鄉②。

①原作四首，選其三。其二：「家本清河住五城，須憑弓箭取功名。等閒飛
　鞚秋原上，獨向寒雲試射聲。」
②河湟，黃河、湟水合流之處，此指河西、隴右（今甘肅、青海兩省黃河以
　西）富庶之地。安史之亂時，吐蕃乘隙暴掠，淹沒者數十州，致使唐人百
　萬陷於吐蕃，安西、北庭、河西與中原隔斷近百年。

韓愈

　　韓愈（768～824）字退之，郡望昌黎，河內河陽（河南孟縣）人。早孤，依嫂讀書，博通百家。貞元八年進士，曾上書論宮市，貶陽山令；諫迎佛骨，貶潮州刺史。後任國子祭酒，兵部、吏部侍郎，諡文，世稱「韓昌黎」、「韓文公」。與柳宗元等人提倡古文，世稱「韓柳」。韓愈深於文而淺於詩，甚至以文為詩，為論而寫，詩雖結構鍛鍊，追求韻律、句法、章法之奇偉和風格之豪放，姿態橫生，議論波湧，七言歌行出眾，宋代影響尤大，然詩終失於率直。有《韓昌黎集》。

調張籍

李杜文章在，光焰萬丈長[1]。不知群兒愚，那用故謗傷。
蚍蜉撼大樹，可笑不自量。伊我生其後，舉頸遙相望。
夜夢多見之，晝思反微茫。徒觀斧鑿痕，不矚治水航。
想當施手時，巨刃磨天揚。垠崖劃崩豁，乾坤擺雷硠[2]。
唯此兩夫子，家居率荒涼。帝欲長吟哦，故遣起且僵。
翦翎送籠中，使看百鳥翔。平生千萬篇，金薤垂琳琅[3]。
仙官敕六丁，雷電下取將。流落人間者，太山一毫芒。
我願生兩翅，捕逐出八荒。精誠忽交通，百怪入我腸。

刺手拔鯨牙，舉瓢酌天漿。騰身跨汗漫，不著織女襄。
顧語地上友，經營無太忙。乞君飛霞佩，與我高頡頑。

①此前，元稹、白居易等人皆抑李揚杜，而韓愈並稱李、杜。
②硍音狼，石頭撞擊聲；雷硍，山崩聲。
③金薤，書也，古有薤葉書。金薤垂琳琅，言李杜文章播於金石。

早春呈水部張十八員外

天街小雨潤如酥，草色遙看近卻無。
最是一年春好處，絕勝煙柳滿皇都。

貶官潮州出關作①

一封朝奏九重天，夕貶潮陽路八千。
欲為聖明除弊事，豈將衰朽惜殘年。
雲橫秦嶺家何在，雪擁藍關馬不前。
知汝遠來應有意，好收吾骨瘴江邊。

①詩題據《又玄集》，一作「左遷至藍關示姪孫湘」。元和十四年（819）
正月，唐憲宗命宦官從鳳翔法門寺迎佛骨入宮供奉，命官民敬香禮拜，刑
部侍郎韓愈上《論佛骨表》諫阻，憲宗怒而欲殺之，後貶為潮州刺史，責
即日上道；其家亦譴逐出京，小女病死商南層峰驛。韓湘，字北渚，韓愈
姪韓老成之子，時追送至藍田關。韓愈《琴操十首‧拘幽操》結句：「嗚
呼，臣罪當誅兮，天王聖明。」怨而不怒？怨而有怒？

答張十一①

山淨江空水見沙，哀猿啼處兩三家。

筼簹競長纖纖筍，躑躅閒開豔豔花②。

未報恩波知死所，莫令炎瘴送生涯。

吟君詩罷看雙鬢，斗覺霜毛一半加。

①張十一、張功曹皆指張署，貞元十九年（803）與韓愈同任監察御史，因
　上書論天旱人饑而被貶，貞元二十一年與韓愈改官江陵功曹、法曹參軍。
②筼簹，竹名，陝西洋縣有筼簹谷，福建廈門有筼簹湖，浙江里安有筼簹橋
　村。羊躑躅，花名，杜鵑花，花紅黃色，二月發時，明耀如火。

聽穎師彈琴①

昵昵兒女語，恩怨相爾汝。

劃然變軒昂，勇士赴敵場。

浮雲柳絮無根蒂，天地闊遠隨飛揚。

喧啾百鳥群，忽見孤鳳皇。

躋攀分寸不可上，失勢一落千丈強。

嗟餘有兩耳，未省聽絲篁。

自聞穎師彈，起坐在一旁。

推手遽止之，濕衣淚滂滂。

穎乎爾誠能，無以冰炭置我腸。

①韓愈善於描寫，辭藻富贍，以至逞奇矜博，生澀怪誕，此詩及《山石》、
　《雉帶箭》、《汴泗交流贈張僕射》、《陸渾山火和皇甫湜用其韻》、
　《遊青龍寺贈崔大補闕》等為代表作。

山石

山石犖确行徑微^①，黃昏到寺蝙蝠飛。

升堂坐階新雨足，芭蕉葉大梔子肥。

僧言古壁佛畫好，以火來照所見稀。

鋪牀拂席置羹飯，疏糲亦足飽我饑。

夜深靜臥百蟲絕，清月出嶺光入扉。

天明獨去無道路，出入高下窮煙霏。

山紅澗碧紛爛漫，時見松櫪皆十圍。

當流赤足蹋澗石，水聲激激風吹衣。

人生如此自可樂，豈必局束為人鞿^②？

嗟哉吾黨二三子，安得至老不更歸。

①詩題「山石」只取開篇二字，實寫洛陽城北惠林寺。犖音洛，明顯。此詩
　豪放痛快，險峭通達。白居易《遊悟真寺詩一百三十韻》工筆細繪，丹青
　巧施，姿態橫生，新境疊出，與此詩可並稱中唐山水詩雙璧。
②鞿音機，馬韁。

八月十五夜贈張功曹

纖雲四卷天無河，清風吹空月舒波。

沙平水息聲影絕，一杯相屬君當歌。

君歌聲酸辭且苦，不能聽終淚如雨。

洞庭連天九疑高，蛟龍出沒猩鼯號。

十生九死到官所，幽居默默如藏逃。

下牀畏蛇食畏藥，海氣濕蟄熏腥臊。

昨者州前捶大鼓，嗣皇繼聖登夔皐。
赦書一日行萬里，罪從大辟皆除死。
遷者追回流者還，滌瑕蕩垢清朝班。
州家申名使家抑，坎坷只得移荊蠻。
判司卑官不堪說，未免捶楚塵埃間。
同時輩流多上道，天路幽險難追攀。
君歌且休聽我歌，我歌今與君殊科。
一年明月今宵多，人生由命非由他，
有酒不飲奈明何！

華山女

街東街西講佛經，撞鐘吹螺鬧宮庭。
廣張罪福資誘脅，聽眾狎恰排浮萍。
黃衣道士亦講說，座下寥落如明星。
華山女兒家奉道，欲驅異教歸仙靈。
洗妝拭面著冠帔，白咽紅頰長眉青。
遂來陞座演真訣，觀門不許人開扃。
不知誰人暗相報，旬然振動如雷霆。
掃除眾寺人跡絕，驊騮塞路連輜軿①。
觀中人滿坐觀外，後至無地無由聽。
抽簪脫釧解環珮，堆金疊玉光青熒。
天門貴人傳詔召，六宮願識師顏形。
玉皇頷首許歸去，乘龍駕鶴去青冥。

豪家少年豈知道，來繞百匝腳不停。
雲窗霧閣事恍惚，重重翠幕深金屏。
仙梯難攀俗緣重，浪憑青鳥通丁寧②。

①輬軿音資平，車前後皆蔽曰輬，前有蔽曰軿，輬軿泛指有遮罩之車。
②篇尾四句，迷離恍惚，與杜甫《麗人行》意境相似，褻慢甚矣，豈真以神
　仙處之？神女也！

李花贈張十一署

江陵城西二月尾，花不見桃唯見李。
風揉雨練雪羞比，波濤翻空杳無涘。
君知此處花何似？
白花倒燭天夜明，群雞驚鳴官吏起。
金烏海底初飛來，朱輝散射青霞開。
迷魂亂眼看不得，照耀萬樹繁如堆。
念昔少年著遊燕，對花豈省曾辭杯？
自從流落憂感集，欲去未到思先回。
只今四十已如此，後日更老誰論哉？
力攜一尊獨就醉，不忍虛擲委黃埃。

崔護

　　崔護（？～？）字殷功，博陵（河北安平）人。貞元十二年進士，大和三年任京兆尹、嶺南節度使。

題都城南莊

去年今日此門中，人面桃花相映紅。
人面不知何處去，桃花依舊笑東風①。

①崔護詩意，與獨孤及《和贈遠》幾同：「憶得去年春風至，中庭桃李映瑣窗。美人挾瑟對芳樹，玉顏亭亭與花雙。今年新花如舊時，去年美人不在茲。借問離居恨深淺，只應獨有庭花知。」中唐豆盧岑《尋人不遇》佚句：「隔門借問人誰在，一樹桃花笑不應。」「人面不知何處去」，沈括《夢溪筆談》卷十四改為「人面只今何處去」。

張仲素

　　張仲素（769？～819）字繪（繢）之，河間（河北河間）人。貞元十四年進士，曾任祕書省校書郎、武寧軍從事，遷司勳員外郎、禮部郎中、翰林學士、中書舍人，與王涯、令狐楚、白居易等人唱和。著有《射經》、《樞賦》，存詩一卷。

春閨怨

嫋嫋城邊柳，青青陌上桑。提籠忘採葉，昨夜夢漁陽。

燕子樓①

其一

樓上殘燈伴曉霜，獨眠人起合歡牀。
相思一夜情多少，地角天涯不是長。

其二

北邙松柏鎖愁煙，燕子樓人思悄然。
自埋劍履歌塵散，紅袖香消已十年。

其三

適看鴻雁岳陽回，又觀玄禽逼社來。

瑤瑟玉簫無意緒，任從蛛網任從灰。

①關盼盼為張建封之子、武寧軍節度使張愔愛妓。張愔歿，盼盼念舊愛而不
嫁，獨守張愔彭城（徐州）舊第燕子樓，十年而沒，實為罕見。元和十
年，張仲素訪白居易，示《燕子樓》三首。白居易感彭城舊遊，因和之三
首：「滿牀明月滿簾霜，被冷燈殘拂臥牀。燕子樓中霜月夜，秋來只為一
人長。」「鈿暈羅衫色似煙，幾回欲著即潸然。自從不舞霓裳曲，疊在空
箱十一年。」「今春有客洛陽回，曾到尚書墓上來。見說白楊堪作柱，爭
教紅粉不成灰？」然「爭教紅粉不成灰」，責之嚴苛。

薛濤

　　薛濤（770？～832？）字洪度，父卒，流落成都，入
樂籍。性辯慧，嫻翰墨。居浣花里，種菖蒲滿門，往來車馬
流連。歷十一任西川節度使，與韋皋、元稹、李德裕等人酬
酢。武元衡入相，奏借校書郎，大和中卒。薛濤工為小詩，
自製狹箋，人名之曰「薛濤箋」。有《錦江集》。

酬人雨後玩竹

南天春雨時，那鑒雪霜姿？眾類亦云茂，虛心能自持。
多留晉賢醉，早伴舜妃悲。晚歲君能賞，蒼蒼勁節奇。

籌邊樓

平臨雲鳥八窗秋，壯壓西川四十州。
諸將莫貪羌族馬，最高層處見邊頭①。

①籌邊樓在成都西郊，大和四年（830）李德裕任劍南西川節度使時所建。
　後兩句慨歎，諸將切莫輕啟邊釁，否則成都將為邊頭。

送友人

水國蒹葭夜有霜，月寒山色共蒼蒼。
誰言千里自今夕，離夢杳如關塞長。

劉皂

劉皂（？～？）字、里貫、生平均不詳，貞元間人，《全唐詩》存詩五首。

渡桑乾

客舍并州已十霜，歸心日夜憶咸陽。
無端更渡桑乾水，卻望并州是故鄉[①]。

①桑乾河源於山西，經河北入渤海。此詩或作賈島詩，考賈島生平，似無客舍并州十年之旅和咸陽之憶，中唐令狐楚《元和御覽詩集》歸為劉皂詩。詩題一作「旅次朔方」，桑乾河並不流經朔方之地，詩題當系泛稱。

李涉

　　李涉（？～？）字不詳，自號清溪子，祖籍溫州，其父李鈞割貫長安，後移家洛陽。初與弟李渤遇亂而隱廬山，憲宗時為太子通事舍人，窺隙求進，投匭而謫峽州司倉參軍。文宗時為太學博士，坐事流康州。

贈豪客①

春雨瀟瀟江上村，五陵豪客夜知聞。
他時不用相回避，世上如今半是君。

①據范攄《雲溪友議》卷下「江客仁」等載，李博士涉，（長慶二年）嘗適九江看牧弟。返至皖口之西，數十人皆馳兵仗，而問是何人，從者曰「李博士船也。」其間豪首曰：「若是李涉博士，吾輩不須剽他金帛。自聞詩名日久，但希一篇，金帛非貴也。」李乃贈一絕句，而《全唐詩》詩題作「井欄砂宿遇夜客」。

潤州聽暮角

江城吹角水茫茫，曲引邊聲怨思長。
驚起暮天沙上雁，海門斜去兩三行。

牧童詞

朝牧牛，牧牛下江曲。
夜牧牛，牧牛度村谷。
荷笠出林春雨細，蘆管臥吹莎草綠。
亂插蓬蒿箭滿腰，不怕猛虎欺黃犢。

呂溫

呂溫（771～811）字和叔，一字化光，祖籍河中（山西永濟），家於洛陽，生於浙東。貞元十四年進士，授集賢殿校書郎。與王叔文善，貞元十九年遷左拾遺，次年以侍御史隨御史中丞張薦使吐蕃。永貞革新失敗，劉禹錫、柳宗元等人皆坐王叔文、王伾貶，呂溫獨免，進戶部員外郎、刑部郎中。因奏劾宰相李吉甫事，貶任均州、道州、衡州刺史，甚有政聲，卒於任，世稱「呂衡州」，劉禹錫輯其遺作為《呂衡州集》。

劉郎浦口號

吳蜀成婚此水潯，明珠步障幄黃金。
誰將一女輕天下，欲換劉郎鼎峙心！

白居易

　　白居易（772～846）字樂天，號香山居士、醉吟先生，郡望太原，移居下邽（陝西渭南）、新鄭。白居易早慧，讀書刻苦，貞元十六年進士，任校書郎、盩厔尉、翰林學士、左拾遺、京兆府戶曹參軍、太子左贊善大夫。因武元衡被刺死，上書請急捕賊，以越職言事而貶為江州司馬，後移忠州、杭州、蘇州刺史，以刑部尚書致仕，諡文。晚年定居洛陽，以詩、酒、禪、琴、山水自娛，常與胡杲、吉旼、鄭據、劉真、盧慎、張渾、狄兼謨、盧貞九老燕集，稱「香山九老」。平生剛正不阿，主張文章合為時而發，歌詩合為事而作。其《秦中吟》十首、《新樂府》五十首，多規諷時事之作，同時元稹、張籍亦多作新樂府，詩體、內容與白相近。據李肇《國史補》卷下等稱，唐憲宗元和已後，白居易、元稹之典雅駢體制誥，韓愈、樊宗師之奇詭苦澀文筆，張籍、孟郊之流蕩矯激與白居易、元稹之淺切淫靡詩風流行一時，俱名「元和體」。尤以白、元之律詩和歌行遞相仿效，又稱「長慶體」。張為《詩人主客圖》稱白居易為「廣大教化主」；王世貞稱蘇軾、陸遊亦「廣大教化主」。有《白氏長慶集》。

問劉十九①

綠蟻新醅酒，紅泥小火爐。晚來天欲雪，能飲一杯無？

①劉十九即劉禹銅，劉禹錫堂兄，洛陽商人；小火爐指小火的爐。此詩平易
溫暖，可與柳宗元《江雪》對讀。湖南長沙出土唐代銅官窯器皿亦有題
詩：「二月春豐酒，紅泥小火爐。今朝天色好，能飲一杯無？晚酒一兩
杯，夜棋三數局。」

賦得古原草送別

離離原上草，一歲一枯榮。野火燒不盡，春風吹又生①。
遠芳侵古道，晴翠接荒城。又送王孫去，萋萋滿別情。

①此為白居易少作，約在貞元三年（787）。晚唐張固《幽閒鼓吹》等載：
白居易應舉，初至京，以詩謁顧著作況。顧睹姓名，熟視曰：米價方貴，
居亦弗易。及讀「野火燒不盡，春風吹又生」，即嗟賞：道得個語，居即
易矣。因為之延譽，聲名大振。雖為傳說，此詩洵為佳作。

宴散

小宴追涼散，平橋步月回。笙歌歸院落，燈火下樓臺①。
殘暑蟬催盡，新秋雁戴來。將何迎睡興，臨臥舉殘杯。

①歐陽修《歸田錄》卷二載：晏元獻公（殊）喜評詩，嘗曰（寇准詩）「老
覺腰金重，慵便枕玉涼」，未是富貴語。不如「笙歌歸院落，燈火下樓
臺」，此善言富貴者也。晏殊詩亦罕用珍寶字，而自然有富貴氣象，如
「梨花院落溶溶月，柳絮池塘淡淡風」，「樓臺側畔楊花過，簾幕中間燕
子飛」等句。

喜友至留宿

村中少賓客，柴門多不開。忽聞車馬至，云是故人來。
況值風雨夕，愁心正悠哉。願君且同宿，盡此手中杯。
人生開口笑，百年都幾回①？

① 《莊子・雜篇・盜跖》載，盜跖大怒曰：「（孔）丘來前！……今吾告子
以人之情，目欲視色，耳欲聽聲，口欲察味，志氣欲盈。人上壽百歲，中
壽八十，下壽六十，除病瘦死喪憂患，其中開口而笑者，一月之中不過
四五日而已矣。天與地無窮，人死者有時，操有時之具，而托於無窮之
間，忽然無異騏驥之馳過隙也。不能說其志意，養其壽命者，皆非通道
者也！」白居易詩中數用「開口笑」之語。如「若不結跏禪，即須開口
笑」，「幾回開口笑，便到髭須白」，「隨富隨貧且歡樂，不開口笑是癡
人」，「除卻醉來開口笑，世間何事更關身？」

輕肥①

意氣驕滿路，鞍馬光照塵。借問何為者，人稱是內臣。
朱紱皆大夫，紫綬悉將軍②。誇赴軍中宴，走馬去如雲。
尊罍溢九醞，水陸羅八珍。果擘洞庭橘，膾切天池鱗。
食飽心自若，酒酣氣益振。是歲江南旱，衢州人食人！

① 輕肥，《論語・雍也》有「乘肥馬，衣輕裘」，指豪奢生活。白居易原
序：「貞元、元和之際，予在長安，聞見之間，有足悲者。因直歌其事，
命為《秦中吟》。」此為《秦中吟》十首之七，一題《江南旱》。② 紱音
浮，紱、綬皆為古時系印章之絲帶。

浪淘沙

借問江潮與海水，何似君情與妾心？
相恨不如潮有信，相思始覺海非深。

錢塘湖春行

孤山寺北賈亭西，水面初平雲腳低。
幾處早鶯爭暖樹，誰家新燕啄春泥。
亂花漸欲迷人眼，淺草才能沒馬蹄。
最愛湖東行不足，綠楊陰裏白沙堤[1]。

[1]春鶯柳陰，平湖秋漲，景到意隨，風情宛然。唐時杭州西湖名錢塘湖，五代兩宋始稱西湖，白沙堤本非白居易時所建，後人紀念而名白堤。白居易於長慶二年十月赴任杭州刺史，前後三年，勤政之餘，寄情山水，留詩二百餘首。

寄殷協律多敘江南舊遊[1]

五歲優遊同過日，一朝消散似浮雲。
琴詩酒伴皆拋我，雪月花時最憶君。
幾度聽雞歌白日，亦曾騎馬詠紅裙[2]。
吳娘暮雨蕭蕭曲，自別江南更不聞[3]。

[1]殷協律，白居易屬吏，名不詳，非殷堯藩，白居易與其多有唱和。
[2]原注：予在杭州日有歌云：「聽唱黃雞與白日」。又有詩云：「著紅騎馬是何人？」

③原注：二娘曲詞云：「暮雨蕭蕭郎不歸。」吳娘，即吳二娘，白居易同時之江南人，或云為杭州名妓。

欲與元八卜鄰先有是贈

平生心跡最相親，欲隱牆東不為身。

明月好同三徑夜，綠楊宜作兩家春①。

每因暫出猶思伴，豈得安居不擇鄰。

何獨終身數相見，子孫長作隔牆人。

①元八，元宗簡。牆東，南朝宋范曄《後漢書‧逸民列傳》：（王）君公遭亂獨不去，儈牛自隱，時人謂之論曰：「避世牆東王君公。」三徑，陶潛《歸去來辭》有「三徑就荒，松菊猶存」。綠楊，唐初李延壽《南史‧陸澄陸慧曉陸杲列傳》載，陸慧曉、張融皆名高位重，而立身清肅，平易相處，兩家並宅，其間有池，池上有二株楊柳。

寄遠①

時難年荒世業空，弟兄羈旅各西東。

田園寥落干戈後，骨肉流離道路中。

弔影分為千里雁，辭根散作九秋蓬。

共看明月應垂淚，一夜鄉心五處同。

①原題「自河南經亂，關內阻饑，兄弟離散，各在一處。因望月有感，聊書所懷，寄上浮梁大兄、於潛七兄、烏江十五兄，兼示符離及下邽弟妹」，因過長，試簡為「寄遠」。

杭州春望

望海樓明照曙霞，護江堤白蹋晴沙。

濤聲夜入伍員廟，柳色春藏蘇小家。

紅袖織綾誇柿蒂，青旗沽酒趁梨花①。

誰開湖寺西南路，草綠裙腰一道斜。

①柿蒂，杭州產綾以織有柿蒂花者尤佳；梨花，杭州有酒名梨花春。

江樓夕望招客

海天東望夕茫茫，山勢川形闊復長。

燈火萬家城四畔，星河一道水中央①。

風吹古木晴天雨，月照平沙夏夜霜。

能就江樓銷暑否？比君茅舍較清涼。

①江樓，杭州望潮（濤）樓。其《夜歸》有「萬株松樹青山上，十里沙堤明
　月中」。黃庭堅《登快閣》，其頷聯亦本此詩：「落木千山天遠大，澄江
　一道月分明。」

與夢得沽酒閒飲且約後期

少時猶不憂生計，老後誰能惜酒錢？

共把十千沽一斗，相看七十欠三年。

閒徵雅令窮經史，醉聽清吟勝管弦。

更待菊黃家醞熟，共君一醉一陶然①。

①其《酬李二十侍郎》則云：「筍老蘭長花漸稀，衰翁相對惜芳菲。殘鶯著
雨慵休囀，落絮無風凝不飛。行掇木芽供野食，坐牽蘿蔓掛朝衣。十年分
手今同醉，醉未如泥莫道歸。」

長恨歌①

漢皇重色思傾國，御宇多年求不得。
楊家有女初長成，養在深閨人未識。
天生麗質難自棄，一朝選在君王側。
回眸一笑百媚生，六宮粉黛無顏色。
春寒賜浴華清池，溫泉水滑洗凝脂。
侍兒扶起嬌無力，始是新承恩澤時。
雲鬢花顏金步搖，芙蓉帳暖度春宵。
春宵苦短日高起，從此君王不早朝。
承歡侍宴無閒暇，春從春遊夜專夜。
後宮佳麗三千人，三千寵愛在一身。
金屋妝成嬌侍夜，玉樓宴罷醉和春。
姊妹弟兄皆列土，可憐光彩生門戶。
遂令天下父母心，不重生男重生女②。
驪宮高處入青雲，仙樂風飄處處聞。
緩歌慢舞凝絲竹，盡日君王看不足。
漁陽鼙鼓動地來，驚破霓裳羽衣曲。
九重城闕煙塵生，千乘萬騎西南行。
翠華搖搖行復止，西出都門百餘里。

六軍不發無奈何，宛轉蛾眉馬前死③。
花鈿委地無人收，翠翹金雀玉搔頭。
君王掩面救不得，回看血淚相和流。
黃埃散漫風蕭索，雲棧縈紆登劍閣。
峨嵋山下少人行，旌旗無光日色薄。
蜀江水碧蜀山青，聖主朝朝暮暮情。
行宮見月傷心色，夜雨聞鈴腸斷聲。
天旋地轉迴龍馭，到此躊躇不能去。
馬嵬坡下泥土中，不見玉顏空死處。
君臣相顧盡沾衣，東望都門信馬歸。
歸來池苑皆依舊，太液芙蓉未央柳。
芙蓉如面柳如眉，對此如何不淚垂。
春風桃李花開日，秋雨梧桐葉落時。
西宮南內多秋草，落葉滿階紅不掃。
梨園弟子白髮新，椒房阿監青娥老。
夕殿螢飛思悄然，孤燈挑盡未成眠。
遲遲鐘鼓初長夜，耿耿星河欲曙天。
鴛鴦瓦冷霜華重，翡翠衾寒誰與共。
悠悠生死別經年，魂魄不曾來入夢。
臨邛道士鴻都客，能以精誠致魂魄。
為感君王輾轉思，遂教方士殷勤覓。
排空馭氣奔如電，升天入地求之遍。
上窮碧落下黃泉，兩處茫茫皆不見。
忽聞海上有仙山，山在虛無縹緲間④。
樓閣玲瓏五雲起，其中綽約多仙子。

中有一人字太真，雪膚花貌參差是。

金闕西廂叩玉扃，轉教小玉報雙成。

聞道漢家天子使，九華帳裏夢魂驚。

攬衣推枕起徘徊，珠箔銀屏迤邐開。

雲鬢半偏新睡覺，花冠不整下堂來。

風吹仙袂飄飄舉，猶似霓裳羽衣舞。

玉容寂寞淚闌干，梨花一枝春帶雨。

含情凝睇謝君王，一別音容兩渺茫。

昭陽殿裏恩愛絕，蓬萊宮中日月長。

回頭下望人寰處，不見長安見塵霧。

唯將舊物表深情，鈿合金釵寄將去。

釵留一股合一扇，釵擘黃金合分鈿。

但教心似金鈿堅，天上人間會相見。

臨別殷勤重寄詞，詞中有誓兩心知。

七月七日長生殿，夜半無人私語時⑤：

在天願作比翼鳥，在地願為連理枝。

天長地久有時盡，此恨綿綿無絕期。

①楊貴妃玉環乃楊玄琰女，開元二十三年為唐玄宗十八子壽王李瑁妃，二十八年離開壽王，天寶四年玄宗冊為貴妃。詩不言者，為帝諱也。按張籍撰《唐故陽城縣主（李應玄）墓誌》，有「玄宗妃武氏，生壽王瑁」等語，則壽王名或為李瑁，而非李瑁。元和元年，白居易為盩厔尉，與陳鴻、王質夫遊仙遊寺，酌於王質夫家，偶話玄宗、貴妃事，因作《長恨歌》，使陳鴻作《長恨歌傳》。白居易《江南遇天寶樂叟》詠安史之亂前後，《霓裳羽衣歌》感霓裳羽衣盛衰，劉禹錫《馬嵬行》托里中兒敘事，元稹《連昌宮詞》、晚唐鄭嵎（字賓光，大中五年進士）《津陽門詩》憶唐玄宗承平故實，可與《長恨歌》相發明。唐宣宗《弔白居易》：「童子解吟長恨曲，胡兒能唱琵琶篇」。宋代樂史《楊太真外傳》、元代白樸《梧桐雨》、清代洪昇《長生殿》亦敷寫此事。

②晚唐于濆《馬嵬驛》卻云：「常經馬嵬驛，見說坡前客。一從屠貴妃，生女愁傾國。是日芙蓉花，不如秋草色。當時嫁匹夫，不妨得頭白。」
③劉禹錫《馬嵬行》稱「貴人飲金屑，倏忽蕣英暮」，楊貴妃吞金而非縊死？
④詩抒情易工，敍事難美。至「忽聞海上有仙山」，人間天上，亦幻亦真，此詩始入妙境。
⑤舊、新唐書皆載，唐玄宗駐蹕驪山溫泉常在冬季春初，皆無夏日炎暑時幸驪山。此詩亦曰春寒賜浴，且華清宮長生殿為祀神齋宮，則七月七日私語長生殿非寫實，乃詩人之想像。

琵琶行①

元和十年，予左遷九江郡司馬。明年秋，送客湓浦口，聞舟中夜彈琵琶者。聽其音，錚錚然有京都聲。問其人，本長安倡女，嘗學琵琶於穆、曹二善才，年老色衰，委身為賈人婦。遂命酒，使快彈數曲。曲罷憫然，自敍少小時歡樂事，今漂淪憔悴，轉徙於江湖間。予出官二年，恬然自安，感斯人言，是夕始覺有遷謫意。因為長句，歌以贈之，凡六百一十二言，命曰《琵琶行》。

潯陽江頭夜送客，楓葉荻花秋瑟瑟。
主人下馬客在船，舉酒欲飲無管弦。
醉不成歡慘將別，別時茫茫江浸月。
忽聞水上琵琶聲，主人忘歸客不發。
尋聲暗問彈者誰，琵琶聲停欲語遲。
移船相近邀相見，添酒回燈重開宴。
千呼萬喚始出來，猶抱琵琶半遮面。

轉軸撥弦三兩聲，未成曲調先有情。
弦弦掩抑聲聲思，似訴平生不得志。
低眉信手續續彈，說盡心中無限事。
輕攏慢撚抹復挑，初為霓裳後六么^②。
大弦嘈嘈如急雨，小弦切切如私語。
嘈嘈切切錯雜彈，大珠小珠落玉盤。
間關鶯語花底滑，幽咽泉流冰下難。
冰泉冷澀弦凝絕，凝絕不通聲暫歇。
別有幽愁暗恨生，此時無聲勝有聲。
銀瓶乍破水漿迸，鐵騎突出刀槍鳴。
曲終收撥當心畫，四弦一聲如裂帛。
東船西舫悄無言，唯見江心秋月白。
沉吟放撥插弦中，整頓衣裳起斂容。
自言本是京城女，家在蝦蟆陵下住^③。
十三學得琵琶成，名屬教坊第一部。
曲罷曾教善才服，妝成每被秋娘妒^④。
五陵年少爭纏頭，一曲紅綃不知數。
鈿頭銀篦擊節碎，血色羅裙翻酒污。
今年歡笑復明年，秋月春風等閒度。
弟走從軍阿姨死，暮去朝來顏色故。
門前冷落鞍馬稀，老大嫁作商人婦。
商人重利輕別離，前月浮梁買茶去。
去來江口守空船，繞船月明江水寒。
夜深忽夢少年事，夢啼妝淚紅闌干。
我聞琵琶已歎息，又聞此語重唧唧。

同是天涯淪落人，相逢何必曾相識。

我從去年辭帝京，謫居臥病潯陽城。

潯陽地僻無音樂，終歲不聞絲竹聲。

住近湓江地低濕，黃蘆苦竹繞宅生。

其間旦暮聞何物，杜鵑啼血猿哀鳴。

春江花朝秋月夜，往往取酒還獨傾。

豈無山歌與村笛，嘔啞嘲哳難為聽。

今夜聞君琵琶語，如聽仙樂耳暫明。

莫辭更坐彈一曲，為君翻作琵琶行。

感我此言良久立，卻坐促弦弦轉急。

淒淒不似向前聲，滿座重聞皆掩泣。

座中泣下誰最多？江州司馬青衫濕[5]。

①詩題「琵琶行」又作「琵琶引」，誤。元和十年，憲宗欲對淮西吳元濟用
　兵，平盧淄青節度使李師道遣人刺死武元衡，重傷裴度。白居易時為太子
　左贊善大夫，上書請急捕兇手，因僭越言事而被貶江州刺史，因王涯中傷
　而追貶江州司馬。此後，白居易漸漸不復愕愕直言，優遊尊前花下。
②「六么」，又名「綠腰」、「錄要」，突厥語音譯，既為歌舞、樂曲名，
　又指軟舞。
③蝦蟆陵，據李肇《國史補》卷下，長安董仲舒墓，門人過此皆下馬，故謂
　之「下馬陵」，後人語訛為「蝦蟆陵」。
④善才，一泛指擅長琵琶或其他技藝之人，如穆、曹二善才。秋娘，唐代歌
　伎女伶常用名。
⑤南宋周紫芝《竹坡詩話》：王安石作集句，得「江州司馬青衫濕」，欲以
　全句作對，久而未得。一日問蔡天啟：「江州司馬青衫濕」，可對甚句？
　蔡應聲曰：何不對「梨園弟子白髮新」？

賣炭翁①

賣炭翁，伐薪燒炭南山中。
滿面塵灰煙火色，兩鬢蒼蒼十指黑。
賣炭得錢何所營？身上衣裳口中食。
可憐身上衣正單，心憂炭賤願天寒。
夜來城外一尺雪，曉駕炭車輾冰轍。
牛困人饑日已高，市南門外泥中歇。
翩翩兩騎來是誰？黃衣使者白衫兒。
手把文書口稱敕，回車叱牛牽向北。
一車炭，千餘斤，宮使驅將惜不得。
半匹紅綃一丈綾，系向牛頭充炭直。

①此為其《新樂府》五十首之三十二；原注：苦宮市也。

李紳

　　李紳（772～846）字公垂，祖籍譙郡，潤州無錫（江蘇無錫）人。元和元年（806）進士，曾為翰林學士、中書侍郎同門下平章事、淮南節度使，封趙郡公。為人短小精悍，於詩有名，號「短李」，與李德裕、元稹同稱「三俊」。早年曾作《新題樂府》二十首，元稹、白居易皆和之而作新樂府。白居易《代書詩一百韻寄微之》有「笑勸迂辛酒，閒吟短李詩」。開成三年（838）編《追昔遊》三卷，為詩歌自傳原型。又有《鶯鶯歌》、《真娘墓》等詩傳世。

憫農①

其一

　　春種一粒粟，秋收萬顆子。四海無閒田，農夫猶餓死。

其二

　　鋤禾日當午，汗滴禾下土。誰知盤中餐，粒粒皆辛苦。

　　①詩題或作「古風」、「傷農」。

劉禹錫

　　劉禹錫（772～842）字夢得，托籍彭城，洛陽人，安史之亂中其父劉緒遷居蘇州嘉興。貞元九年進士，曾任太子校書、渭南主簿、監察御史。唐順宗即位，王叔文、王伾等人推行改革，即永貞革新，劉禹錫、柳宗元等人參預其事，時稱「二王劉柳」。然宦官俱文珍輩反擊，二王死，劉、柳、韋執誼、韓泰、陳諫、韓曄、凌准、程異等八人先被貶為連州、邵州等州刺史，旋追貶為朗州、永州等州司馬，李景儉因居喪、呂溫因出使吐蕃而身免，史稱「二王八司馬」事件，永貞革新迅即失敗。至元和十年，韋執誼、凌准死於貶所，程異起復，召還劉、柳、韓泰、陳諫、韓曄五司馬。然因當政惡之，劉禹錫又作玄都觀看花詩，語含譏怨，又謫守播州，易連州，又任夔州、和州、蘇州刺史。裴度薦為翰林學士，遷太子賓客。晚年與白居易友善，唱和頗多，號「劉白」，白居易推劉禹錫為「詩豪」。劉、白在外，皆留意民間歌曲，倚聲作《竹枝詞》、《楊柳枝詞》等詞，聲調漸開。有《劉賓客文集》。

秋風引

　何處秋風至，蕭蕭送雁群。朝來入庭樹，孤客最先聞。

蜀先主廟

天下英雄氣，千秋尚凜然。勢分三足鼎，業復五銖錢。
得相能開國，生兒不象賢[①]。淒涼蜀故妓，來舞魏宮前。

①象賢，效法先賢。《尚書·微子之命》：殷王元子，惟稽古崇德象賢。後
主劉禪固非英明，然丞相若父，魏吳虎視，而君臣兩安，難能可貴。

八月十五夜觀月

天將今夜月，一遍洗寰瀛。暑退九霄淨，秋澄萬景清。
星辰讓光彩，風露發晶英。能變人間世，儵然是玉京。

重至衡陽傷柳儀曹並序

　　元和乙未歲，與故人柳子厚臨湘水為別，柳浮舟適柳
州，余登陸赴連州。後五年，余從故道出桂嶺，至前別處，
而君沒於南中，因賦詩以投弔。

憶昨與故人，湘江岸頭別。我馬映林嘶，君帆轉山滅。
馬嘶循古道，帆滅如流電。千里江蘺春，故人今不見。

石頭城①

山圍故國周遭在，潮打空城寂寞回。
淮水東邊舊時月，夜深還過女牆來。

①劉禹錫《金陵五題》，分詠石頭城、烏衣巷、臺城、生公講堂、江令宅。
其《金陵五題》序云：余少為江南客，而未遊秣陵，嘗有遺恨。後為歷陽
守，跂而望之。適有客以金陵五題相示，逌爾生思，欻然有得。他日，
友人白樂天掉頭苦吟，歎賞良久，且曰《石頭城》詩云「潮打空城寂寞
回」，吾知後之詩人不復措詞矣。余四詠雖不及此，亦不孤樂天之言耳。

烏衣巷

朱雀橋邊野草花，烏衣巷口夕陽斜。
舊時王謝堂前燕，飛入尋常百姓家①。

①劉禹錫歷代、德、順、憲、穆、敬、文、武八朝，見慣人間興衰。今白先
勇置此詩於小說集《臺北人》卷首，「紀念先父母以及他們那個憂患重重
的時代」。

浪淘沙①

其一

九曲黃河萬里沙，浪淘風簸自天涯。
如今直上銀河去，同到牽牛織女家。

其六

日照澄洲江霧開，淘金女伴滿江隈。
美人首飾侯王印，盡是沙中浪底來。

①原作九首，選二首。

竹枝詞①

四方之歌，異音而同樂。歲正月，余來建平，里中兒聯歌竹枝，吹短笛、擊鼓以赴節。歌者揚袂睢舞，以曲多為賢。聆其音，中黃鐘之羽，卒章激訐如吳聲。雖儉僤不可分，而含思宛轉，有淇澳之豔。昔屈原居沅湘間，其民迎神，詞多鄙陋，乃為作《九歌》，到於今荊楚歌舞之。故余亦作竹枝九篇，俾善歌者颺之，附於末。後之聆巴歈，知變風之自焉。

其二

山桃紅花滿上頭，蜀江春水拍山流。
花紅易衰似郎意，水流無限似儂愁。

其六

瞿塘嘈嘈十二灘，人言道路古來難。
長恨人心不如水，等閒平地起波瀾。

其九

山上層層桃李花，雲間煙火是人家。

銀釧金釵來負水，長刀短笠去燒畬②。

①原作九首，選三首。建平，四川歸州（秭歸）舊稱，與夔州相鄰，劉禹錫
長慶元年至四年任夔州刺史。竹枝詞自劉禹錫收集、創作後，作者漸多，
如白居易、李涉、皇甫松、孫光憲等人亦有所作。宋元以來，竹枝詞成
為描摹風俗人情、社會時事、山川花鳥之重要詩體，至清末竹枝詞約存十
萬首。
②畬音賒，山地，燒畬即燒山種地。

竹枝詞

楊柳青青江水準，聞郎江上唱歌聲。

東邊日出西邊雨，道是無晴卻有晴①。

①「晴」諧「情」。諧音、雙關本吳歌傳統，劉禹錫、溫庭筠、李商隱等人
偶有運用。如溫庭筠《新添聲楊柳枝》二首：「一尺深紅蒙麯塵，天生舊
物不如新。合歡桃核終堪恨，里許原來別有人。」「井底點燈深燭伊，
共郎長行莫圍棋。玲瓏骰子安紅豆，入骨相思知不知。」「別有人」當作
「別有仁」，「仁」諧「人」；「深燭」諧「深囑」，「圍棋」諧「違
期」。

元和十年自朗州承召至京戲贈看花諸君子①

紫陌紅塵拂面來，無人不道看花回。

玄都觀裏桃千樹，盡是劉郎去後栽。

①永貞革新失敗十年後，劉禹錫於元和十年即元和乙未（815）被召還京，因憲宗惡之，加之此詩語含譏忿，又遭貶逐。十四年後，大和二年（828），劉禹錫復為主客郎中，三月重遊玄都觀，昔日燦若紅霞之桃樹蕩然無存，唯兔葵燕麥動搖於春風，因再題二十八字，以俟後遊：「百畝庭中半是苔，桃花淨盡菜花開。種桃道士歸何處？前度劉郎今又來。」

柳枝詞

春江一曲柳千條，二十年前舊板橋。
曾與美人橋上別，恨無消息至今朝①。

①范攄《雲溪友議》卷下載湖州劉采春女周德華唱劉禹錫《柳枝詞》「春江一曲柳千條」，北宋張君房《麗情集》亦載此事，尾句一作「更為消息到今朝」。然此詩劉集不載，白居易集中有《板橋路》六句：「梁苑城西二十里，一渠春水柳千條。若為此路今重過，十五年前舊板橋。曾共玉顏橋上別，恨無消息到今朝。」劉詩似是隱括而成，但敘事婉曲回環，抒情欲說還休，詞約義豐，涵蓄有味。

漢壽城春望①

漢壽城邊野草春，荒祠古墓對荆榛。
田中牧豎燒芻狗，陌上行人看石麟。
華表半空經霹靂，碑文纔見滿埃塵。
不知何日東瀛變，此地還成要路津。

①題下原注：「古荆州刺史治亭，其下有子胥廟，兼楚王故墳。」漢壽，東漢為荆州治所，故城在朗州（湖南常德）東北，此為劉禹錫貶任朗州司馬時作。

西塞山懷古①

王濬樓船下益州，金陵王氣黯然收②。
千尋鐵鎖沉江底，一片降幡出石頭③。
人世幾回傷往事，山形依舊枕寒流。
今逢四海為家日，故壘蕭蕭蘆荻秋。

①西塞山，在今湖北大冶縣東。長慶四年，劉禹錫調任和州刺史，寶曆二年
　秋罷任，此詩當為赴任途經西塞山，即景騁懷而作。五代何光遠《鑒誡
　錄》載，元稹、劉禹錫、韋楚客同會洛陽樂天舍，各賦《西塞山懷古》。
　劉詩先成，白居易曰：「四人控驪龍，子先獲珠，所餘麟角，何用！」三
　公乃遂罷作。傳說雖虛，此詩實為絕唱。
②二句一作「西晉樓船下益州，金陵王氣漠然收」。
③1936年，許世英出任駐日本大使。某次招待會，一日本記者發問：許大
　使，鄙人想起中國古詩「千尋鐵索沉江底」，但忘記下句，敢請閣下告
　知！許世英微笑而對：記者先生，下句是「萬國衣冠拜冕旒」。

始聞秋風

昔看黃菊與君別，今聽玄蟬我卻回。
五夜颼颼枕前覺，一年顏狀鏡中來。
馬思邊草拳毛動，雕眄青雲睡眼開。
天地肅清堪四望，為君扶病上高臺①。

①真乃詩豪！其貶朗州司馬時所作《秋詞》，亦高揚開朗，無蕭瑟悲秋之
　態：「自古逢秋悲寂寥，我言秋日勝春朝。晴空一鶴排雲上，便引詩情到
　碧霄。」

酬樂天揚州初逢席上見贈

巴山蜀水淒涼地，二十三年棄置身。

懷舊空吟聞笛賦，到鄉翻似爛柯人。

沉舟側畔千帆過，病樹前頭萬木春。

今日聽君歌一曲，暫憑杯酒長精神。

郡內書情獻裴侍中留守①

功成頻獻乞身章，擺落襄陽鎮洛陽。

萬乘旌旗分一半，八方風雨會中央②。

兵符今奉黃公略，書殿曾隨翠鳳翔。

心寄華亭一雙鶴，日陪高步繞池塘。

①裴侍中留守指裴度，大和八年任東都留守。時耿湋、韓愈、李郢等人皆有
　唱和，並臺閣體中翹楚。
②蘇軾《東坡題跋》稱韓愈「將軍舊壓三司貴，相國新兼五等崇」非不壯
　也，然意盡於此；劉禹錫「天子旌旗分一半，八方風雨會中州」，遠而大
　體，然蘇軾引文有誤。

樂天見示傷微之敦詩晦叔三君子皆有深分因成是詩以寄

吟君歎逝雙絕句，使我傷懷奏短歌。
世上空驚故人少，集中唯覺祭文多。
芳林新葉催陳葉，流水前波讓後波。
萬古到今同此恨，聞琴淚盡欲如何。

哭呂衡州時予方謫居[①]

一夜霜風凋玉芝，蒼生望絕士林悲。
空懷濟世安人略，不見男婚女嫁時。
遺草一函歸太史，旅墳三尺近要離[②]。
朔方徒歲行當滿，欲為君刊第二碑。

①呂衡州指呂溫，重氣概，核名實，與王叔文、柳、劉等人交厚，永貞革新
時因出使吐蕃年餘而倖免於貶，後經歷坎坷。柳宗元《同劉二十八哭呂衡
州，兼寄江陵李元二侍郎》：「衡嶽新摧天柱峰，士林憔悴泣相逢。只
令文字傳青簡，不使功名上景鐘。三畝空留懸磬室，九原猶寄若堂封。遙
想荊州人物論，幾回中夜惜元龍。」李、元二侍郎，當指貶居江陵之李景
儉、元稹，非永州李深源、元克己，元稹亦有《哭呂衡州》六首。
②要離，春秋時吳國梅里人，刺殺慶忌後自盡。要離墓在無錫鴻山，與專
諸、梁鴻墓鼎列。呂溫卒於衡州，槁葬江陵，故曰「旅墳」，墳近要離言
呂溫高風亮節，可比擬古之烈士。

柳宗元

　　柳宗元（773～819）字子厚，籍貫河東（山西永濟），安史之亂中舉族遷居吳地，其父柳鎮家於長安。宗元少有才名，貞元九年進士。永貞革新失敗，貶永州司馬員外置同正員。元和十年，復徙柳州刺史，多惠政，文章卓偉，及卒，百姓追慕，立祠享祀，一時輩行推仰。工詩，簡古幽峭，峻鬱雅致，意深語淡，情苦氣和。蘇軾《東坡題跋》謂：「柳子厚詩在陶淵明下，韋蘇州上。退之豪放奇險則過之，而溫麗靖深不及也」。元好問《論詩絕句》云：「謝客風容映古今，發源誰似柳州深？朱弦一拂遺音在，卻是當年寂寞心。」有《河東先生集》。

江雪①

千山鳥飛絕，萬徑人蹤滅。孤舟蓑笠翁，獨釣寒江雪。

①南宋范晞文《對牀夜話》卷四稱，唐人五言四句，除柳子厚《江雪》一詩之外，極少佳者。差可比擬者，李白《玉階怨》、李端《拜新月》，備婉孌之深情；李端《蕪城》、耿湋《秋日》，抱荒寂之餘感。

雨後曉行獨至愚溪北池

宿雲散洲渚，曉日明村塢。高樹臨清池，風驚夜來雨。
予心適無事，偶此成賓主①。

①南宋敖陶孫《臞翁詩評》稱，柳宗元詩如高秋獨眺，霽晚孤吹。於唐代其
他詩人，其評論亦生動熨帖。陸時雍《詩鏡總論》評：劉婉多風，柳直損
致；劉夢得七言絕，柳子厚五言古，俱深於哀怨，可謂《離騷》之餘派。

早梅

早梅發高樹，回映楚天碧。朔吹飄夜香，繁霜滋曉白。
欲為萬里贈，杳杳山水隔。寒英坐銷落，何用慰遠客①？

①梅以高標逸韻，為唐代張九齡、王維、杜甫、柳宗元、李商隱、齊己、熊
皎等人所愛。李商隱《十一月中旬至扶風界見梅花》：「匝路亭亭豔，非
時裛裛香。素娥唯與月，青女不饒霜。贈遠虛盈手，傷離適斷腸。為誰成
早秀，不待作年芳？」

南澗中題

秋氣集南澗，獨遊亭午時。回風一蕭瑟，林影久參差。
始至若有得，稍深遂忘疲。羈禽響幽谷，寒藻舞淪漪①。
去國魂已遠，懷人淚空垂。孤生易為感，失路少所宜。
索寞竟何事，徘徊只自知。誰為後來者，當與此心期。

①意境淒美。其《小石潭記》：「坐潭上，四面竹樹環合，寂寥無人，淒神寒骨，悄愴幽邃。以其境過清，不可久居，乃記之而去。」程顥《陳公廙園修禊事席上賦》，則沉靜淡然，寵辱不亂：「盛集蘭亭舊，風流洛社今。坐中無俗客，水曲有清音。香篆來還去，花枝泛復沉。未須愁日暮，天際是輕陰。」

酬曹侍御過象縣見寄①

破額山前碧玉流，騷人遙駐木蘭舟。
春風無限瀟湘意，欲採蘋花不自由。

①象縣，柳州屬縣，今廣西柳州鹿寨縣，柳江、洛清江於此交彙；破額山亦臨江聳峙，非湖北黃梅破額山（雙峰山）。此詩騷雅而悲涼，其《得盧衡州書，因以詩寄》亦云：「臨蒸且莫歎炎方，為報秋來雁幾行。林邑東回山似戟，牂牁南下水如湯。蒹葭淅瀝含秋霧，橘柚玲瓏透夕陽。非是白蘋洲畔客，還將遠意問瀟湘。」

與浩初上人同看山寄京華親故①

海畔尖山似劍鋩，秋來處處割愁腸。
若為化得身千億，散上峰頭望故鄉。

①浩初，潭州人，曾至柳州訪柳宗元。陸游《梅花》：「聞道梅花坼曉風，雪堆遍滿四山中。何方可化身千億，一樹梅花一放翁？」近代陳衍《宋詩精華錄》評：柳州之化身何其苦，此老之化身何其樂！

柳州二月榕葉落盡偶題

宦情羈思共淒淒，春半如秋意轉迷。
山城過雨百花盡，榕葉滿庭鶯亂啼。

漁翁

漁翁夜傍西巖宿，曉汲清湘然楚竹。
煙銷日出不見人，欸乃一聲山水綠。
回看天際下中流，巖上無心雲相逐[1]。

①蘇軾謂此詩末兩句，雖刪去亦可。

別舍弟宗一

零落殘魂倍黯然，雙垂別淚越江邊[1]。
一身去國六千里，萬死投荒十二年。
桂嶺瘴來雲似墨，洞庭春盡水如天。
欲知此後相思夢，長在荊門郢樹煙。

①越江，當指百越之江，即柳江。辭直意哀，不堪多讀。

衡陽與夢得分路贈別①

十年憔悴到秦京，誰料翻為嶺外行。

伏波故道風煙在，翁仲遺墟草樹平。

直以慵疏招物議，休將文字占時名。

今朝不用臨河別，垂淚千行便濯纓。

①元和十年初，柳宗元、劉禹錫等人凡十年不量移，執政有憐其才欲漸進之
者，悉召五司馬至京師。然唐憲宗、武元衡等人惡之，明升暗降，柳宗元
等五人皆為邊遠下州刺史，劉禹錫因《元和十年自朗州承召至京，戲贈看
花諸君子》，更遠赴州民總數不足五百戶之播州（貴州遵義）。柳宗元以
播州非人所居，且劉禹錫母老多病，具奏自往播州，會裴度亦為請，劉禹
錫遂改連州。

登柳州城樓寄漳汀封連四州刺史①

城上高樓接大荒，海天愁思正茫茫。

驚風亂颭芙蓉水，密雨斜侵薜荔牆。

嶺樹重遮千里目，江流曲似九回腸。

共來百越文身地，猶自音書滯一鄉。

①漳汀封連四州刺史：永貞革新失敗十年後，《舊唐書·憲宗紀》載，乙酉
（元和十年）三月，以虔州司馬韓泰為漳州刺史，永州司馬柳宗元為柳州
刺史，饒州司馬韓曄為汀州刺史，朗州司馬劉禹錫為播州刺史，臺州司
馬陳諫為封州刺史。御史中丞裴度以禹錫母老，請移近處，乃改授連州
刺史。

姚合

　　姚合（777〜843）字大凝，籍貫吳興，陝州硤石（河南陝縣）人，姚崇弟姚元景之玄孫，舊業洛陽。元和十一年進士，任魏博節度推官、武功主簿。韓愈薦為萬年尉，出刺金州、杭州，遷戶部郎中、諫議大夫、陝虢觀察使，官終祕書少監。大和九年編《極玄集》，取王維等二十一人詩百篇，曰「此詩中射雕手。」與賈島多唱和，亦與賈島合稱「姚賈」，南宋趙師秀選賈島、姚合詩為《二妙集》，然姚把筆成詩，皆平淡之氣，而賈苦吟不輟，多清冽之風。有《姚少監集》。

武功縣中作①

其一

縣去帝城遠，為官與隱齊。馬隨山鹿放，雞雜野禽棲②。
繞舍唯藤架，侵階是藥畦。更師嵇叔夜，不擬作書題。

其四

簿書多不會，薄俸亦難銷。醉臥慵開眼，閒行懶系腰。
移花兼蝶至，買石得雲饒。且自心中樂，從他笑寂寥。

①原作三十首，選二首。姚合初授武功主簿，公務之暇，吟詩種花，醉臥閒行，詩譽鵲起，世稱「姚武功」。姚詩雖有佳處，然寫景瑣屑，寄情偏僻，體似尖小，味亦微醨，漸開纖巧靡弱之風，品局中馴而已。

②歐陽修《六一詩話》載，梅堯臣嘗語：詩家雖率意，而造語亦難。若意新語工，得前人所未道者，斯為善也。賈島云：「竹籠拾山果，瓦瓶擔石泉。」姚合云：「馬隨山鹿放，雞逐野禽棲。」等是山邑荒僻，官況蕭條，不如「縣古槐根出，官清馬骨高」為工也。

同衛尉崔少卿九月六日飲

酒熟菊還芳，花飄盞亦香。與君先一醉，舉世待重陽。
風色初晴利，蟲聲向晚長。此時如不飲，心事亦應傷。

山中述懷

為客久未歸，寒山獨掩扉。曉來山鳥散，雨過杏花稀。
天遠雲空積，溪深水自微。此情對春色，盡醉欲忘機。

送李廓侍郎

酬恩不顧名，走馬覺身輕。迢遞河邊路，蒼茫塞上城。
沙寒無宿雁，虜近少閒兵。飲罷揮鞭去，旁人意氣生。

元稹

　　元稹（779～831）字微之，別字威明，郡望洛陽，長安人。父早喪而母卑，貞元九年年十五以明兩經及第，年二十八應制策入三等，拜左拾遺，上疏論事激直，出為河南尉。唐穆宗即位，命元稹為祠部郎中、知制誥，拜同中書門下平章事。然舉動失措，朝野雜笑，除武昌軍節度使，卒於任。元稹工於詞翰，其所擬制誥文體古雅，爭相摹仿，稱為「長慶體」。所撰《鶯鶯傳》及《會真詩》，與李紳《鶯鶯歌》流傳久遠。元稹與白居易最密，唱和亦多，時稱「元白」。蘇軾《祭柳子玉文》稱「郊寒島瘦，元輕白俗」。有《元氏長慶集》。

江陵三夢①

君骨久為土，我心長似灰。百年何處盡？三夜夢中來。
逝水良已矣，行雲安在哉？坐看朝日出，眾鳥雙徘徊。

①原作三首，選其三。恍兮惚兮，夢耶非耶？元稹悼亡妻韋叢（一作韋蕙叢）詩，尚有《六年春遣懷》、《譴悲懷》等。其豔情詩，如《會真詩》等，多寫與鶯鶯事，其「轉面流花雪，登牀抱綺叢」等藝語，開《西廂記》等先河。

離思^①

其二

山泉散漫繞階流，萬樹桃花映小樓。
閒讀道書慵未起，水晶簾下看梳頭。

其四

曾經滄海難為水，除卻巫山不是雲。
取次花叢懶回顧^②，半緣修道半緣君。

①原作五首，選二首。
②取次，任意，隨便。然其《會真詩》恣意「眉黛羞偏聚，朱唇暖更融」。

六年春遣懷^①

其一

傷禽我是籠中鶴，沉劍君為泉下龍。
重纊猶存孤枕在^②，春衫無復舊裁縫。

其二

檢得舊書三四紙，高低闊狹粗成行。
自言並食尋高事，唯念山深驛路長。

其五

　　伴客銷愁長日飲，偶然乘興便醺醺。

　　怪來醒後傍人泣，醉裏時時錯問君。

①原作八首，選三首。
②纊音礦，新絲綿絮，重纊指厚絲綿被。

聞樂天授江州司馬

　　殘燈無焰影幢幢，此夕聞君謫九江。

　　垂死病中驚坐起，暗風吹雨入寒窗。

遣悲懷

其一

　　謝公最小偏憐女，自嫁黔婁百事乖①。

　　顧我無衣搜畫篋，泥他沽酒拔金釵②。

　　野蔬充膳甘長藿，落葉添薪仰古槐。

　　今日俸錢過十萬，與君營奠復營齋。

其二

　　昔日戲言身後事，今朝都到眼前來。

　　衣裳已施行看盡，針線猶存未忍開。

尚想舊情憐婢僕，也曾因夢送錢財。

誠知此恨人人有，貧賤夫妻百事哀。

其三

閒坐悲君亦自悲，百年都是幾多時。

鄧攸無子尋知命，潘岳悼亡猶費詞。

同穴窅冥何所望，他生緣會更難期。

唯將終夜常開眼，報答平生未展眉[3]。

①謝公偏憐最小女，東晉謝安最憐愛姪女謝道韞，而謝道韞嫁王凝之；黔婁，戰國齊隱士，安貧樂道。

②「書簏」一作「蓋簏」；泥，軟纏之意。

③同穴，古代夫妻恩愛，則願生當同衾、死亦同穴，媵妾則地位低下，不能同穴。常開眼，今陳寅恪《元白詩箋論稿》指元稹自比鰥魚，即自誓終鰥之義，因鰥魚目恒不閉也。

賈島

　　賈島（779～843）字浪仙，一作閬仙，幽州范陽（天津薊縣）人。初，連敗文場，囊篋一空，遂為僧，名無本。後以詩投韓愈，與孟郊、張籍、姚合等人唱和。還俗，連試仍不中，因與平曾等人陵人傲物，時稱「舉場十惡」，開成二年責授長江主簿，遷普州司倉參軍。賈島專工五律，為詩按格入僻，開闢苦吟一派，近於純粹詩人，受到晚唐李洞等人及南宋山林詩人、永嘉四靈、江湖派等宗奉。南宋趙師秀曾選賈島、姚合詩為《二妙集》。清代李懷民重訂《中晚唐詩人主客圖》，推賈島為「清奇僻苦主」。有《長江集》。

尋隱者不遇①

松下問童子，言師採藥去。只在此山中，雲深不知處。

　　①一作中唐孫革詩，題「訪羊尊師」。

憶江上吳處士

閩國揚帆去，蟾蜍虧復圓。秋風吹渭水，落葉滿長安①。
此地聚會夕，當時雷雨寒。蘭橈殊未返，消息海雲端。

①「吹渭水」一作「生渭水」。此聯氣象雄渾，大類盛唐，而全篇不稱。換言之，此聯本非賈島風格，讀賈島詩不能專推此種。

暮過山村

數里聞寒水，山家少四鄰。怪禽啼曠野，落日恐行人。
初月未終夕，邊烽不過秦。蕭條桑柘外，煙火漸相親。

題李凝幽居①

閒居少鄰並，草徑入荒園。鳥宿池邊樹，僧敲月下門②。
過橋分野色，移石動雲根。暫去還來此，幽期不負言。

①新出《唐故鄉貫進士趙郡李府君（凝）墓誌銘並序》，李凝為武則天朝宰相李讓夷之孫，祕書省校書李格之子，私第在長安通義里。
②韋絢《劉公嘉話》云：賈島初赴舉京師，一日於驢上得句云：「鳥宿池邊樹，僧敲月下門。」始欲著「推」字，又欲著「敲」字，鍊之未定，遂於驢上吟哦，時時引手作推敲之勢。時韓愈吏部權京兆，島不覺沖至第三節，左右擁至尹前。島具對所得詩句云云，韓立馬良久，謂島曰：「作敲字佳矣。」遂與並轡而歸，留連論詩，與為布衣之交。「推」字音義均嫌濁重，而「敲」字則較清靈。

冬夜送人

平明走馬上村橋，花落梅溪雪未消。
日短天寒愁送客，楚山無限路迢迢。

盧仝

　　盧仝（785？～？）字不詳，盧照鄰之後，范陽人，隱少室山，自號玉川子。家貧，博覽工詩，多險怪之詞。曾作《月蝕詩》刺宦官專權，受韓愈稱讚，而王世貞譏之為病熱人囈語。韓愈為河南令，愛其詩，厚禮之。卒年不詳，或為元和間。一說文宗大和九年甘露之變，盧仝遇難。有《玉川子詩集》。

有所思

當時我醉美人家，美人顏色嬌如花。
今日美人棄我去，青樓珠箔天之涯。
天涯娟娟姮娥月，三五二八盈又缺。
翠眉蟬鬢生別離，一望不見心斷絕。
心斷絕，幾千里。
夢中醉臥巫山雲，覺來淚滴湘江水。
湘江兩岸花木深，美人不見愁人心。
含愁更奏綠綺琴，調高弦絕無知音。
美人兮美人，不知為暮雨兮為朝雲。
相思一夜梅花發，忽到窗前疑是君。

走筆謝孟諫議寄新茶

日高丈五睡正濃，軍將打門驚周公。

口云諫議送書信，白絹斜封三道印。

開緘宛見諫議面，手閱月團三百片。

聞道新年入山裏，蟄蟲驚動春風起。

天子須嘗陽羨茶，百草不敢先開花。

仁風暗結珠琲瓃①，先春抽出黃金芽。

摘鮮焙芳旋封裹，至精至好且不奢。

至尊之餘合王公，何事便到山人家？

柴門反關無俗客，紗帽籠頭自煎吃。

碧雲引風吹不斷，白花浮光凝碗面②。

一碗喉吻潤，二碗破孤悶。

三碗搜枯腸，唯有文字五千卷。

四碗發輕汗，平生不平事，盡向毛孔散。

五碗肌骨清，六碗通仙靈。

七碗吃不也，唯覺兩腋習習清風生。

蓬萊山，在何處？玉川子，乘此清風欲歸去。

山上群仙司下土，地位清高隔風雨。

安得知百萬億蒼生命，墮在顛崖受辛苦。

便為諫議問蒼生，到頭還得蘇息否？

①琲瓃音倍雷，即蓓蕾。
②秦漢時茶已飲用、貿易，唐代漸漸盛行，如白居易詩《夜聞賈常州、崔湖州茶山境會亭歡宴》、元稹寶塔體《茶》、張又新《謝廬山僧寄谷簾水》之寫茶、水，李郢《茶山貢焙歌》寫焙茶、貢茶之艱辛。盧仝此詩語雖直白，亦唐詩一體也。

李德裕

　　李德裕（787～850）字文饒，趙郡（河北趙縣）人，
宰相李吉甫之子。牛僧孺、李宗閔曾遭李吉甫貶斥，牛僧
孺長慶年間執政，排擠李德裕，衍為牛、李黨爭。唐武宗即
位，重用李德裕，拜為宰相，外破回紇，內平澤潞，裁汰冗
官，政績頗著，兼太尉，封衛國公。會昌六年武宗死，皇叔
李忱繼位，牛黨當政，李德裕外放為嶺南節度使，大中二年
五貶為崖州司戶參軍，三年十二月死於貶所，後人亦稱「李
崖州」。李商隱《太尉衛公〈會昌一品集〉序》稱李德裕為
「萬古之良相」，梁啟超譽李德裕與管仲、商鞅、諸葛亮、
王安石、張居正為古代六大政治家。好著書為文，有《李文
饒文集》。

登崖州城作①

　　獨上高樓望帝京，鳥飛猶是半年程。
　　青山似欲留人住，百匝千遭繞郡城②。

①詩題一作「望闕亭」。唐代韋執誼、李德裕二相皆貶崖州，然崖州今為何
　處，未有定論。據唐制，崖州治所在今海口瓊山。但揣其詩意，青山繞
　城，似為崖縣。
②「獨上高樓」、「青山似欲」，北宋王讜《唐語林》卷七作「獨上江
　亭」、「碧山也恐」。

李賀

　　李賀（791？～817？）字長吉，河南福昌昌谷（今河南宜陽）人。七歲能詞章，少以樂府數十篇知名。應進士舉，以父名「晉肅」，與李賀爭名者毀之，未能就試，韓愈有《諱辯》。曾為奉禮郎，落魄不得意，遂嘔心吟哦，旦出暮歸。杜牧序《李賀歌詩集》，稱其詩有雲煙綿聯、瓦棺篆鼎、時花美女、牛鬼蛇神等語。後人稱李白、李賀、李商隱為唐詩「三李」，李賀為「鬼才」。李賀詩別開生面，天花亂墜，多有奇意警句，如「雄雞一聲天下白」、「東方風來滿眼春」。然常常雕琢過甚，以詞害意，有句無篇，清代蘅塘退士《唐詩三百首》不選李賀詩。有《昌谷集》。

示弟

別弟三年後，還家一日餘。醁醽今夕酒，緗帙去時書？[①]
病骨猶能在，人間底事無。何須問牛馬，拋擲任梟盧。

①醁醽音露靈，亦稱綠醽、醽醁、醽淥等，美酒名。緗帙，淺黃色之帛，常用於裝套書畫，泛指書籍、書卷、書畫。

南園①

其一

花枝草蔓眼中開，小白長紅越女腮。
可憐日暮嫣香落，嫁與春風不用媒②。

其六

尋章摘句老雕蟲，曉月當簾掛玉弓。
不見年年遼海上，文章何處哭秋風！

①原作十三首，選二首。李賀《南園》、《昌谷北園新筍》組詩，以詠物寫
　景，抒牢落不遇之情。
②此首有芳華早計，娉婷珍惜，莫待草木零落，美人遲暮之慨。

蘇小小歌①

幽蘭露，如啼眼。無物結同心，煙花不堪剪。
草如茵，松如蓋，風為裳，水為珮。
油壁車，夕相待。冷翠燭，勞光彩。
西陵下，風吹雨。

①蘇小小，傳為南朝齊時人，居於杭州西湖西泠橋畔，十九歲而死，或言墓
　在嘉興縣署前。南朝徐陵編《玉臺新詠》卷八十六有《錢塘蘇小小歌》：
　「妾乘油壁車，郎騎青驄馬。何處結同心，西陵松柏下。」

雁門太守行[①]

黑雲壓城城欲摧，甲光向月金鱗開。
角聲滿天秋色裏，塞上燕脂凝夜紫。
半卷紅旗臨易水，霜重鼓寒聲不起。
報君黃金臺上意，提攜玉龍為君死。

[①]本漢樂府曲名，今存梁簡文帝蕭綱同題三首。李賀之後，張祜、莊南傑等人亦有同題之作。

金銅仙人辭漢歌

魏明帝青龍元年八月[①]，詔宮官牽車西取漢孝武捧露盤仙人，欲立置殿前。宮官既拆盤，仙人臨載乃潸然淚下。唐諸王孫李長吉遂作《金銅仙人辭漢歌》。

茂陵劉郎秋風客，夜聞馬嘶曉無跡。
畫欄桂樹懸秋香，三十六宮土花碧[②]。
魏宮牽車指千里，東關酸風射眸子。
空將漢月出宮門，憶君清淚如鉛水。
衰蘭送客咸陽道，天若有情天亦老[③]。
攜盤獨出月荒涼，渭城已遠波聲小。

[①]青龍元年（233），一作青龍九年，皆誤，應為景初元年（237）。[②]土花，苔蘚。[③]清代《古今圖書集成》引南宋高文虎《蓼花州閒錄》，北宋石延年（曼卿）以「月如無恨月長圓」，對「天若有情天亦老」，語驚四座。

致酒行

零落棲遲一杯酒，主人奉觴客長壽。

主父西遊困不歸，家人折斷門前柳。

吾聞馬周昔作新豐客，天荒地老無人識；

空將箋上兩行書，直犯龍顏請恩澤[1]。

我有迷魂招不得，雄雞一聲天下白。

少年心事當挐雲，誰念幽寒坐嗚呃！

[1]主父偃，西漢武帝劉徹時臨淄人，出身貧寒，北上、西遊皆未遇，後上書漢武帝，當天被召，破格拜為郎中。唐初馬周境遇亦類於主父偃，貞觀五年，為中郎將常何條二十餘事，皆當世所切，唐太宗知悉，詔用直門下省，明年拜監察御史。

李憑箜篌引[1]

吳絲蜀桐張高秋，空山凝雲頹不流。

江娥啼竹素女愁，李憑中國彈箜篌。

崑山玉碎鳳皇叫，芙蓉泣露香蘭笑。

十二門前融冷光，二十三絲動紫皇。

女媧煉石補天處，石破天驚逗秋雨。

夢入神山教神嫗，老魚跳波瘦蛟舞。

吳質不眠倚桂樹，露腳斜飛濕寒兔。

[1]清代方扶南《李長吉詩集批註》推許此詩，與白居易《琵琶行》、韓愈《聽穎師彈琴》並為摹寫音樂至文。顧況亦有長詩《李供奉彈箜篌歌》。

晚唐

許渾

　　許渾（791～858？）字用晦，一作仲晦，籍貫安陸，許圉師裔孫，潤州丹陽（今江蘇丹陽）人。大和六年進士，曾官當塗、太平令、監察御史，抱病乞歸，後出為睦、郢二州刺史。嘗於潤州買田築室，大中末退居丹陽丁卯橋，因以名集。存詩五百餘首，以五七言律詩為主，多懷古寄酬送別之作，句法圓穩工整，頗為時人標重。詩多寫「水」，有「杜甫一生愁，許渾千首濕」之謂。有《丁卯集》。

塞下曲

夜戰桑乾北，秦兵半不歸。朝來有鄉信，猶自寄寒衣[①]。

　　[①]「桑乾北」一作「桑乾雪」，「寒衣」一作「征衣」。唐末五代沈彬《弔邊人》：「殺聲沉後野風悲，漢月高時望不歸。白骨已枯沙上草，家人猶自寄寒衣。」

送前緱氏韋明府南遊

酒闌橫劍歌，日暮望關河。道直去官早，家貧為客多。
山昏函谷雨，木落洞庭波。莫盡遠遊興，故園荒薜蘿。

早秋

遙夜泛清瑟，西風生翠蘿。殘螢棲玉露，早雁拂金河。
高樹曉還密，遠山晴更多。淮南一葉下，自覺洞庭波。

夜行次東關①

南北斷蓬飄，長亭酒一瓢。殘雲歸太華，疏雨過中條。
樹色隨關迥，河聲入塞遙。勞歌此分首，風急馬蕭蕭。

①此詩題高棅《唐詩品彙》作「秋日赴闕題潼關驛樓」，字句亦多異，當為
高棅所改：「紅葉晚蕭蕭，長亭酒一瓢。殘雲歸太華，疏雨過中條。樹色
隨關迥，河聲入海遙。帝鄉明日到，猶自夢漁樵。」

謝亭關別

勞歌一曲解行舟，紅葉青山水急流。
日暮酒醒人已遠，滿天風雨下西樓。

咸陽城西樓晚眺①

一上高樓萬里愁，蒹葭楊柳似汀洲。
溪雲初起日沉閣，山雨欲來風滿樓②。
鳥下綠蕪秦苑夕，蟬鳴黃葉漢宮秋。
行人莫問當年事，故國東來渭水流③。

①詩題又作「咸陽城東樓」、「西門」，此據《文苑英華》卷三一三。
②此聯「閣」、「樓」對用，意略重復，清代李慈銘《越縵堂詩話·集部》
　改「閣」為「谷」。然原詩有注，「南近蟠溪，西對慈福閣」，則「閣」
　為實景。
③尾聯一作「行人莫問前朝事，渭水寒聲晝夜流」。

金陵懷古①

玉樹歌殘王氣終，景陽兵合戍樓空。
松楸遠近千官塚，禾黍高低六代宮。
石燕拂雲晴亦雨，江豚吹浪夜還風②。
英雄一去豪華盡，唯有青山似洛中③。

①可與其《登洛陽故城》、劉禹錫《西塞山懷古》對讀。
②清代賀裳《載酒園詩話》稱，「石燕」非零陵石燕，金陵有燕子磯，俯臨
　江岸。
③《世說新語·言語》載，過江諸人，每至美日，輒相邀新亭，藉卉飲宴。
　周顗中坐而歎曰：「風景不殊（於洛陽），正自有山河之異！」皆相視
　流淚。

淩歊臺

宋祖淩歊樂未回，三千歌舞宿層臺[1]。
湘潭雲盡暮山出，巴蜀雪消春水來[2]。
行殿有基荒薺合，寢園無主野棠開。
百年便作萬年計，巖畔古碑空綠苔。

[1]淩歊（音宵）臺，故址在今安徽當塗（舊名「姑孰」）城北，南朝宋高祖劉裕所建，其孫劉駿築避暑離宮於其上。李延壽《南史・宋本紀上》載，劉裕清簡寡欲，姸御至少，未有「三千歌舞」之事，此事許渾誤。然劉裕之後如世祖劉駿及南朝帝王，大多窮奢極欲，貪暴無恥。

[2]「暮山」一作「暮煙」。「湘潭」一聯運虛為實，遙接楚、蜀，為許渾名句，而其《春日思舊遊寄南徐從事劉三復》續用此聯。王夫之則批評許渾意外設景，且景中無意。

驪山

聞說先皇醉碧桃，日華浮動郁金袍。
風隨玉輦笙歌回，雲卷珠簾劍珮高。
鳳駕北歸山寂寂，龍旗西幸水滔滔。
貴妃歿後巡遊少，瓦落宮牆見野蒿。

張祜

　　張祜（792？～854？）字承吉，史稱清河（河北清河）或南陽人，流寓江東，晚唐顏萱有《過張祜處士丹陽故居》。張祜喜說劍談兵，有用世之志，元和十五年令狐楚薦之，然為政敵元稹所阻，不得擢用。又交遊廣泛，性愛山水，縱情聲色，往來江淮吳越間，名山古寺多為題詠，杜牧稱其「千首詩輕萬戶侯」。有《張承吉文集》十卷行世。

宮詞①

故國三千里，深宮十二年。一聲何滿子，雙淚落君前。

①原作二首，選其一。其二：「自倚能歌日，先皇掌上憐。新聲何處唱，腸斷李延年。」

題杭州孤山寺①

樓臺聳碧岑，一徑入湖心。不雨山長潤，無雲水自陰。
斷橋荒蘚澀，空院落花深。猶憶西窗月，鐘聲在北林。

①天下名山僧占多，江南名寺祜題盡。南宋葛立方《語韻陽秋》卷四載，張祜喜遊山而多苦吟，凡所僧寺往往題詠。其詠金山、孤山、靈隱、天竺、龍泉、靈巖、虎丘、楞伽、惠山、善權、甘露、招隱等寺觀，皆隨物賦形，允稱佳作。其斷橋荒蘚、空院落花等語，亦為林和靖歆羨。

登廣武原①

廣武原西北，華夷此浩然。地盤山入海，河繞國連天。
遠樹千門邑，高檣萬里船。鄉心日雲暮，猶在楚城邊。

①張祜寫景，雄渾闊大，盪氣迴腸。再如其《入潼關》：「都城三百里，雄
　險此回環。地勢遙尊嶽，河流側讓關。秦皇曾虎視，漢祖昔龍顏。何處梟
　凶輩，干戈自不閒。」

集靈臺①

虢國夫人承主恩，平明騎馬入宮門。
卻嫌脂粉污顏色，淡掃蛾眉朝至尊。

①原作二首，選其二。集靈臺為皇帝祭神之地，平明為皇帝早朝之時，騎馬
　入宮、淡掃蛾眉皆非外戚之禮，作者直敘其事，玄宗荒淫無恥、虢國夫人
　恃寵而驕則刻畫無遺。其一寫玄宗清虛受籙之莊嚴時刻，而太真含笑入簾
　之事：「日光斜照集靈臺，紅樹花迎曉露開。昨晚上皇新受籙，太真含笑
　入簾來。」其《邠王小管》、《寧哥來》、《春鶯囀》、《華清宮》等詩
　亦信筆直書，披露大膽。

題金陵渡

金陵津渡小山樓①，一宿行人自可愁。
潮落夜江斜月裏，兩三星火是瓜洲。

①金陵，指江南潤州（江蘇鎮江），京口有金陵山，金陵津或指今鎮江西津
　渡，對岸為瓜洲。

韓琮

　　韓琮（？～？）字成封，生卒、里貫不詳。長慶四年進士，歷陳許節度判官、中書舍人，唐宣宗時仕至湖南觀察使，大中十二年被部將石載順逐而失官，咸通中仕至右散騎常侍。

駱谷晚望

秦川如畫渭如絲，去國還家一望時。
公子王孫莫來好，嶺花多是斷腸枝[1]。

[1] 此篇似是失官還鄉之作，吳喬《圍爐詩話》卷六稱譽：對境當情，真足壓卷。其《暮春滻水送別》：「綠暗紅稀出鳳城，暮雲樓閣古今情。行人莫聽宮前水，流盡年光是此聲。」

朱慶餘

　　朱可久（797？～？）字慶餘，以字行，越州（浙江紹興）人。以詩受知於張籍，寶曆二年進士，授祕書省校書郎。

閨意上張水部①

洞房昨夜停紅燭，待曉堂前拜舅姑②。
妝罷低聲問夫婿：畫眉深淺入時無？

①詩題一作「近試上張籍水部」，張籍時為水部員外郎。張籍《酬朱慶餘》：「越女新妝出鏡心，自知明豔更沉吟。齊紈未足時人貴，一曲菱歌值萬金。」
②停紅燭，點紅燭，如王建《織錦曲》之「合衣臥時參沒後，停燈起在雞鳴前」；舅姑，今稱公婆。

宮詞

寂寂花時閉院門，美人相並立瓊軒。
含情欲說宮中事，鸚鵡前頭不敢言。

劉綺莊

　　劉綺莊（？～？）字不詳，毗陵（江蘇常州）人。唐武宗會昌、宣宗大中前後在世，曾為昆山尉。研究古今，纂記浩博，尤工樂府，與白敏中、崔元式、韋琮友善，今存詩二首。

揚州送人

桂楫木蘭舟，楓江竹箭流。故人從此去，望遠不勝愁[①]。
落日低帆影，歸風引棹謳。思君折楊柳，淚盡武昌樓。

①劉綺莊《共佳人守歲》：「桂華窮北陸，荊豔作東鄰。殘妝欲送曉，薄衣
　已迎春。舉袖爭流雪，分歌競繞塵。不應將共醉，年去遠催人。」

溫庭筠

溫庭筠（801？～866）一作庭雲，本名岐，字飛卿，籍貫太原祁（山西太原），幼時隨家客居江淮，後定居鄠縣（陝西戶縣），一說商縣。少年穎悟，博學多能，才思敏捷，然恃才傲物，好譏諷權貴，屢舉進士不第。貌寢，人稱「溫鍾馗」。每入試，押官韻作賦，凡八叉手而八韻成，時號「溫八叉」；又多為鄰鋪假手，號曰「救數人」。開成五年曾作《病中書懷呈友人》一百韻。大中十年或貶仁隨縣尉，十一年與段成式、韋蟾等人入襄陽徐商幕。咸通六年任國子助教，次年貶方城尉，其弟庭皓為撰墓誌銘。溫庭筠辭章豔麗，用典繁富，與李商隱並稱「溫李」，子溫憲亦有詩名。詞風華麗穠密，多寫男女相思，赫然一代大家，與韋莊合稱「溫韋」，有《溫庭筠集》。

商山早行

晨起動征鐸，客行悲故鄉。雞聲茅店月，人跡板橋霜[1]。槲葉暗山路，枳花明驛牆。因思杜陵夢，鳧雁滿回塘。

[1] 此聯意象併合，人境為一。歐陽修《六一詩話》載，梅堯臣嘗曰：詩家雖率意，而造語亦難。必能狀難寫之景，如在目前；含不盡之意，見於言外，然後為至矣。作者得於心，覽者會以意，殆難指陳以言也。

處士盧岵山居

西溪問樵客，遙識主人家。古樹老連石，急泉清露沙。
千峰隨雨暗，一徑入雲斜。日暮鳥飛散，滿山蕎麥花。

送人東遊

古戍落黃葉，浩然離故關。高風漢陽渡，初日郢門山。
江上幾人在，天涯孤棹還。何當重相見，尊酒慰離顏。

瑤瑟怨

冰簟銀牀夢不成，碧天如水夜雲輕。
雁聲遠過瀟湘去，十二樓中月自明。

贈少年

江海相逢客恨多，秋風葉下洞庭波。
酒酣夜別淮陰市，月照高樓一曲歌。

蔡中郎墳

古墳零落野花春，聞說中郎有後身[1]。
今日愛才非昔日，莫拋心力作詞人。

[1] 蔡中郎，蔡邕，東漢末官至左中郎將。南朝梁殷芸《小說》載：張衡亡月，蔡邕母方娠，此二人才貌相類，時人云：「邕即衡之後身也。」然蔡邕身後之是非何論，蔡邕之後身何人？陸遊《小舟遊近村，捨舟步歸》：「斜陽古柳趙家莊，負鼓盲翁正作場。死後是非誰管得？滿村聽說蔡中郎。」

咸陽值雨

咸陽橋上雨如懸，萬點空濛隔釣船。
還似洞庭春水色，曉雲將入岳陽天。

過陳琳墓

曾於青史見遺文，今日飄蓬過此墳。
詞客有靈應識我，霸才無主亦憐君[1]。
石麟埋沒藏春草，銅雀荒涼對暮雲。
莫怪臨風倍惆悵，欲將書劍學從軍。

[1] 霸才，既指陳琳，亦喻自己；此聯既憐陳琳，亦傷自己。紀唐夫《送溫庭筠尉方城》云：「何事明時泣玉頻，長安不見杏園春。鳳凰詔下雖沾命，鸚鵡才高卻累身。且盡綠醽銷積恨，莫辭黃綬拂行塵。方城若比長沙路，猶隔千山與萬津。」

利州南渡①

澹然空水對斜暉，曲島蒼茫接翠微。

波上馬嘶看棹去，柳邊人歇待船歸。

數叢沙草群鷗散，萬頃江田一鷺飛。

誰解乘舟尋范蠡，五湖煙水獨忘機。

①利州，治所今四川廣元；南渡，渡嘉陵江。

蘇武廟

蘇武魂銷漢使前，古祠高樹兩茫然。

雲邊雁斷胡天月，隴上羊歸塞草煙。

回日樓臺非甲帳，去時冠劍是丁年①。

茂陵不見封侯印，空向秋波哭逝川②。

①甲帳，漢武帝所造寶帳有甲帳、乙帳，回朝之日不見甲帳，言武帝已死；
　丁年，指壯年，漢制二十歲至五十六歲為丁男，蘇武四十歲出使，歷十九
　年方回，李陵《與蘇武書》云「丁年奉使，皓首而歸」。甲帳、丁年既是
　用典，甲帳對丁年又巧奪天工；且先敘回日，再寫去時，逆挽之法，益生
　感慨。
②茂陵不見，蘇武歸時，漢武帝已死；清初方世舉《蘭叢詩話》以為，「秋
　波」應作「秋風」，因「波」既與「川」重，「秋風」又合於漢武帝《秋
　風辭》。

過五丈原

鐵馬雲雕共絕塵，柳陰高壓漢營春[①]。
天清殺氣屯關右，夜半妖星照渭濱。
下國臥龍空寤主，中原得鹿不由人。
象牀寶帳無言語，從此譙周是老臣。

①「柳陰」句，詠蜀漢軍營。明清以後，或改為「柳陰高壓漢宮春」、「柳
　營高壓漢宮春」，皆誤。

寄岳州李外郎遠

含嚬不語坐持頤，天遠樓高宋玉悲。
湖上殘棋人散後，岳陽微雨鳥來遲[①]。
早梅猶得迴歌扇，春水還應理釣絲。
獨有袁宏正憔悴，一尊惆悵落花時[②]。

①晚唐張固《幽閒鼓吹》載，唐宣宗坐朝，令狐（綯）相進李遠為杭州，宣
　宗曰：比聞李遠詩云「長日唯消一局棋」，豈可以臨郡哉？對曰：詩人之
　言，不足有實也。
②《晉書‧文苑列傳》載，袁宏「性強正亮直，雖被（桓）溫禮遇，至於辯
　論，每不阿屈，故榮任不至。」溫庭筠《懊惱曲》慨歎：「三秋庭綠盡迎
　霜，唯有荷花守紅死。」

春曉曲

家臨長信往來道，乳燕雙雙拂煙草。
油壁車輕金犢肥，流蘇帳曉春雞早。
籠中嬌鳥暖猶睡，簾外落花閒不掃。
衰桃一樹近前池，似惜紅顏鏡中老。

雞鳴埭歌①

南朝天子射雉時，銀河耿耿星參差。
銅壺漏斷夢初覺，寶馬塵高人未知。
魚濯蓮東蕩宮沼，濛濛御柳懸棲鳥。
紅妝萬戶鏡中春，碧樹一聲天下曉。
盤踞勢窮三百年，朱方殺氣成愁煙。
彗星拂地浪連海，戰鼓渡江塵漲天。
繡龍畫雉填宮井，野火風驅燒九鼎。
殿巢江燕砌生蒿，十二金人霜炯炯。
芊綿平綠臺城基，暖色春容荒古陂。
寧知玉樹後庭曲，留待野棠如雪枝。

①埭音帶，堤壩；雞鳴埭，故址在今南京玄武湖南，如李商隱《南朝》所寫。

杜秋娘

　　杜秋娘（791？～？），杜牧《杜秋娘詩序》云為金陵
女，本李錡妾，元和二年李錡叛滅後沒入宮，頗受憲宗寵
倖，歷憲、穆、敬、文四朝三十載。其《金縷曲》或作李錡
詩，或題無名氏「雜詞」，蘅塘退士《唐詩三百首》選為壓
卷之作。

金縷曲

　　勸君莫惜金縷衣，勸君惜取少年時。
　　花開堪折直須折，莫待無花空折枝。

杜牧

　　杜牧（803～853？）字牧之，京兆萬年人，杜佑孫。大和二年進士，曾為黃、池、睦、湖等州刺史，卒於大中六年末、大中七年或更晚。官終中書舍人，後人因稱杜紫微。晚居樊川別業，又稱杜樊川。杜牧剛直有奇節，以濟世之才自負，敢論列大事，指陳利病，曾注《孫子兵法》。詩情致豪邁，雄姿英發，人稱小杜。崔道融《讀杜紫薇集》云：「紫薇才調復知兵，長覺風雷筆下生。還有枉拋心力處，多於五柳賦閒情。」盛唐李、杜雙峰對峙，晚唐李商隱、杜牧亦稱「小李杜」。杜牧才高，近於李白；李商隱情深，彷彿杜甫。且有唐一代，詩文兼擅者，唯韓、柳、小李杜等數人。杜牧卒前自寫墓誌，多焚所為文章，其甥裴延翰編《樊川文集》二十卷。

長安秋望

　　樓倚霜樹外，鏡天無一毫。南山與秋色，氣勢兩相高。

題揚州禪智寺

雨過一蟬噪，飄蕭松桂秋。青苔滿階砌，白鳥故遲留。
暮靄生深樹，斜陽下小樓。誰知竹西路，歌吹是揚州。

句溪夏日送盧霈秀才歸王屋山將欲赴舉

野店正紛泊，繭蠶初引絲。行人碧溪渡，系馬綠楊枝。
莘莘跡始去，悠悠心所期。秋山念君別，惆悵桂花時。

逢故人

年年不相見，相見卻成悲。教我淚如霰，嗟君髮似絲。
正傷攜手處，況值落花時。莫惜今宵醉，人間忽忽期[1]。

①杜牧情多，其戀戀之意，常低回不已。如《題水西寺》：「三日去還住，
一生焉再遊。含情碧溪水，重上桼公樓。」

江南春

千里鶯啼綠映紅，水村山郭酒旗風。
南朝四百八十寺，多少樓臺煙雨中。

赤壁

折戟沉沙鐵未銷，自將磨洗認前朝。
東風不與周郎便，銅雀春深鎖二喬。

泊秦淮

煙籠寒水月籠沙，夜泊秦淮近酒家。
商女不知亡國恨，隔江猶唱後庭花。

遣懷

落拓江湖載酒行，楚腰纖細掌中輕。
十年一覺揚州夢，贏得青樓薄倖名^①。

①「落拓江湖」、「纖細」、「贏得」一作「落魄江南」、「腸斷」、「占
得」。前塵如夢，不堪回首；語雖輕薄，情實沉痛。劉永濟《唐人絕句精
華》評：才人不得見重於時之意，發為此詩，讀來但見其傲兀不平之志。
杜牧詩意，屢入後人詩詞。

漢江

溶溶漾漾白鷗飛，綠淨春深好染衣。
南去北來人自老，夕陽長送釣船歸。

贈別

其一

娉娉嫋嫋十三餘，豆蔻梢頭二月初。

春風十里揚州路，卷上珠簾總不如。

其二

多情卻似總無情，唯覺尊前笑不成。

蠟燭有心還惜別，替人垂淚到天明。

寄揚州韓綽判官

青山隱隱水迢迢，秋盡江南草未凋。

二十四橋明月夜，玉人何處教吹簫[①]？

①二十四橋，通說泛指揚州之橋，二十四座乃約數。玉人，歌女，一說同僚
　韓綽，唐代亦稱男子為「玉人」、「佳人」、「美人」，杜牧另有七絕
　《哭韓綽》。

山行

遠上寒山石徑斜，白雲生處有人家。

停車坐愛楓林晚，霜葉紅於二月花。

秋夕

紅燭秋光冷畫屏，輕羅小扇撲流螢。
天階夜色涼如水，臥看牽牛織女星[1]。

[1]「紅燭」、「天階」、「臥看」一作「銀燭」、「瑤階」、「坐看」。天
　階若指宮殿臺階，則本詩實為宮怨，非寫尋常小兒女秋夕乘涼。

初冬夜飲

淮陽多病偶求歡，客袖侵霜與燭盤。
砌下梨花一堆雪，明年誰此憑闌干[1]？

[1]蘇軾《東欄梨花》化用杜意，便旖旎纏綿，情致深遠：「梨花淡白柳深
　青，柳絮飛時花滿城。惆悵東欄一株雪，人生看得幾清明？」元好問《俳
　體雪香亭雜詠》十五首之七則云：「金縷歌詞金曲后，百年人事驀成絲。
　重來未必春風在，更為梨花住少時。」

清明[1]

清明時節雨紛紛，路上行人欲斷魂[2]。
借問酒家何處有，牧童遙指杏花村。

[1]此詩作者存疑，唐代《樊川詩集》、宋代《樊川別集》、《樊川外集》及
　洪邁編《萬首唐人絕句》皆未收錄，今陳寅恪等人亦質疑。南宋末《錦繡
　萬花谷後集》初收，注「出唐詩」，題為「杏花村」；舊題南宋劉克莊編
　《分門纂類唐宋時賢千家詩選》亦收，題「清明」，作者「杜牧」。
[2]寒食、清明，今人重祭奠，多哀怨、傷感之語。然唐五代、兩宋詩詞語涉
　「清明」各約一百三十首、九百首，多寫踏青賞春之事。

齊安郡後池絕句

菱透浮萍綠錦池，夏鶯千囀弄薔薇。
盡日無人看微雨，鴛鴦相對浴紅衣。

過華清宮①

其一

長安回望繡成堆，山頂千門次第開。
一騎紅塵妃子笑，無人知是荔枝來。

其二

新豐綠樹起黃埃，數騎漁陽探使回。
霓裳一曲千峰上，舞破中原始下來。

①原作三首，選本多選其一，其二、三輕薄而間選。

題宣州開元寺

六朝文物草連空，天淡雲閒今古同。
鳥去鳥來山色裏，人歌人哭水聲中。
深秋簾幕千家雨，落日樓臺一笛風。
惆悵無因見范蠡，參差煙樹五湖東。

早雁

金河秋半虜弦開，雲外驚飛四散哀。
仙掌月明孤影過，長門燈暗數聲來。
須知胡騎紛紛在，豈逐春風一一回？
莫厭瀟湘少人處，水多菰米岸莓苔。

九日齊山登高①

江涵秋影雁初飛，與客攜壺上翠微。
塵世難逢開口笑，菊花須插滿頭歸。
但將酩酊酬佳節，不用登臨恨落暉。
古往今來只如此，牛山何必獨沾衣②。

①齊山，池州齊山。詩題「齊山」一作「齊安」，誤。
②《晏子春秋·內篇諫上》載，（齊）景公遊於牛山，北臨其國城而流涕
　曰：「若何滂滂去此而死乎？」杜牧重陽登齊山，而巧用齊之牛山下涕典
　故。1815年，英國馬禮遜為紹介中國重陽登高風俗而譯此詩，此或為歐
　美翻譯唐詩之始。

宣州送裴坦判官往舒州時牧欲赴官歸京

日暖泥融雪半消，行人芳草馬聲驕。
九華山路雲遮寺，清弋江村柳拂橋。
君意如鴻高的的，我心懸旆正搖搖。
同來不得同歸去，故國逢春一寂寥！

懷紫閣山

學他趨世少深機，紫閣青霄半掩扉。
山路遠懷王子晉，詩家長憶謝玄暉。
百年不肯疏榮辱，雙鬢終應老是非。
人道青山歸去好，青山曾有幾人歸①？

①紫閣山，終南山紫閣峰。靈澈《東林寺酬韋丹刺史》，刺世一針見血！」
年老心閒無外事，麻衣草座亦容身。相逢盡道休官好，林下何曾見一
人？」

馬戴

　　馬戴（？～？）字虞臣，曲陽（江蘇東海）人。屢試不第，會昌四年與趙嘏、項斯（？～？）同榜進士，俱有盛名。咸通七年遷國子博士，約卒於此後數年。苦家貧，為祿代耕，清虛自如。長於五律，氣韻近於盛唐，嚴羽推其詩為晚唐第一。有《會昌進士集》。

楚江懷古

露氣寒光集，微陽下楚丘。猿啼洞庭樹，人在木蘭舟。
廣澤生明月，蒼山夾亂流。雲中君不見，竟夕自悲秋。

灞上秋居

灞原風雨定，晚見雁行頻。落葉他鄉樹，寒燈獨夜人。
空園白露滴，孤壁野僧臨。寄臥郊扉久，何年致此身。

雍陶

　　雍陶（805？～？）字國鈞，夔州雲安（重慶雲陽）人，寓居成都。大和八年進士，曾任國子毛詩博士，簡州、雅州刺史。今存詩一卷，殘句「滿院花開未是貧」亦風雅有味。

贈金河戍客

慣獵金河路，曾逢雪不迷。射雕青塚北，走馬黑山西。
戍遠旌旛少，年深帳幕低。酬恩須盡敵，休說夢中閨。

塞路初晴

晚虹斜日塞天昏，一半山川帶雨痕。
新水亂侵青草路，殘煙猶傍綠楊村。
胡人羊馬休南牧，漢將旌旗在北門。
行子喜聞無戰伐，閒看遊騎獵秋原。

嚴惲

嚴惲（？～870）字子重，湖州吳興人。唐武宗會昌中在世，嘗與杜牧遊。皮日休、陸龜蒙愛重其詩，曾造訪。

落花①

春光冉冉歸何處，更向花前把一杯。
盡日問花花不語，為誰零落為誰開！

①詩題一作「問春」。杜牧《和嚴惲秀才落花》：「共惜流年留不得，且環流水醉流杯。無情紅豔年年盛，不恨凋零卻恨開。」王樞《和嚴惲落花詩》：「花落花開人世夢，衰榮閒事且持杯。春風底事輕搖落，何似從來不要開。」

皇甫松

　　皇甫松（？～？）一名嵩，字子奇，號檀欒子，郡望安定，睦州新安（浙江淳安）人，皇甫湜之子，牛僧孺之甥。文章閒美，小詞麗雅，然厄於一第，終生未仕。光化三年，韋莊奏請追賜李賀、皇甫松等十四人進士及第，故《花間集》稱其「皇甫先輩」。

採蓮子

其一

　　　　菡萏香連十頃陂，小姑貪戲採蓮遲。
　　　　晚來弄水船頭濕，更脫紅裙裹鴨兒。

其二

　　　　船動湖光灩灩秋，貪看年少信船流。
　　　　無端隔水拋蓮子，遙被人知半日羞。

浪淘沙

　　　　灘頭細草接疏林，浪惡罾船半欲沉。
　　　　宿鷺眠鷗非舊浦，去年沙觜是江心。

趙嘏

　　趙嘏（806？～854？）字承祐，楚州山陽（江蘇淮安）人。應試多年，會昌四年進士，後仕為渭南尉。據計有功《唐詩紀事》卷五十六，唐宣宗雅知其名，索詩讀首卷《題秦皇》云：「徒知六國隨斤斧，莫有群儒定是非」。上不悅，事寢。其七言律詩清圓熟練，時有警句。有《渭南集》，敦煌石室殘卷存《讀史編年詩》三十五首。

江樓感舊

　　獨上江樓思渺然，月光如水水如天。
　　同來玩月人何處，風景依稀似去年。

經汾陽舊宅

　　門前不改舊山河，破虜曾輕馬伏波。
　　今日獨經歌舞地，古槐疏冷夕陽多。

長安晚秋①

雲物淒清拂曙流，漢家宮闕動高秋。
殘星幾點雁橫塞，長笛一聲人倚樓。
紫豔半開籬菊靜，紅衣盡落渚蓮愁。
鱸魚正美不歸去，空戴南冠學楚囚。

①詩題或作「長安秋夕」、「長安秋望」，當作於中第後任渭南尉期間。
　「淒清」、「盡落」通作「淒涼」、「落盡」，此據高麗《十抄詩》。杜
　牧亦愛聞笛，如「深秋簾幕千家雨，落日樓臺一笛風」，賞其「長笛一聲
　人倚樓」，吟味不已，因目為「趙倚樓」。

曲江春望懷江南故人

杜若洲邊人未歸，水寒煙暖想柴扉。
故園何處風吹柳，新雁南來雪滿衣。
目極思隨原草遍，浪高書到海門稀。
此時愁望情多少，萬里春流繞釣磯。

薛逢

　　薛逢（806？～？）字陶臣，蒲洲河東，會昌元年進士。歷萬年尉、侍御史、尚書郎。因恃才傲物，議論激切，屢忤權貴，數遭黜斥，咸通十一年遷任祕書監，卒於任。

開元後樂

莫奏開元舊樂章，樂中歌曲斷人腸。
邠王玉笛三更咽，虢國金車十里香。
一自犬戎生薊北，便從征戰老汾陽。
中原駿馬搜求盡，沙苑年來草又芳[1]。

[1]其《宮詞》情致婉轉，選入《唐詩三百首》，只是宮怨：「十二樓中盡曉妝，望仙樓上望君王。鎖銜金獸連環冷，水滴銅龍晝漏長。雲髻罷梳還對鏡，羅衣欲換更添香。遙窺正殿簾開處，袍袴宮人掃御牀。」

李郢

　　李郢（？～？）字楚望，長安人，後移居吳郡、越州等地。以山水琴書自娛，早年獻詩裴度，大中十年進士，累辟湖州、淮南等使府，入為侍御史，後為越州從事，約卒於乾符末。擅七律，與賈島、杜牧、李商隱、方干、魚玄機等人酬唱，杜牧《湖南正初招李郢秀才》稱「高人以飲為忙事，浮世除詩盡強名」，存詩一卷。

江亭晚望①

碧天涼冷雁來疏，閒望江雲思有餘。
秋館池亭荷葉歇，野人籬落豆花初。
無愁自得仙人術，多病能忘太史書。
聞說故園香稻熟，片帆歸去就鱸魚。

①元代方回《瀛奎律髓》作趙嘏詩，他本多作李郢詩，且香稻、鱸魚為李郢吳越風物，非趙嘏山陽景況。

上裴晉公

四朝憂國鬢成絲，龍馬精神海鶴姿。
天上玉書傳詔夜，殿前金甲受降時。
曾經庾亮三更月，下盡羊曇一局棋。
惆悵舊堂扃綠野，夕陽無限鳥飛遲[1]。

①前六句亦贊裴度之功勳、風度，尾聯刺朝廷不用老臣。

贈羽林將軍[1]

虯須憔悴羽林郎，曾入甘泉侍武皇。
雕沒夜雲知御苑，馬隨仙仗識天香。
五湖歸去孤舟月，六國平來兩鬢霜。
唯有桓伊江上笛，臥吹三弄送殘陽。

①詩題一作「江上逢王將軍」，盡寫昔日豪華，今朝寂寞，意態軒舉，晚唐
俊調。

方干

　　方干（809？～886？）字雄飛，號玄英，睦州桐廬（浙江桐廬）人，父方肅為桐廬章八元婿。貌陋唇缺，性多譏戲，喜吟詠，擅律詩，見賞於徐凝、姚合。數舉進士不第，與喻鳧（開成五年進士）、李頻、曹松、齊己等人唱和。光啟間卒，門人私諡「玄英先生」，楊弇、僧居遠為編《玄英先生集》。

睦州呂郎中郡中環溪亭

　　為是仙才登望處，風光便似武陵春。
　　閒花半落猶迷蝶，白鳥雙飛不避人[①]。
　　樹影興餘侵枕簟，荷香坐久著衣巾。
　　暫來此地非多日，明主那容借寇恂？

①方干詩多有警句，如此詩頷聯，其《旅次洋州寓居郝氏林亭》之「鶴盤遠勢投孤嶼，蟬曳殘聲過別枝」、《和於中丞登扶風亭》之「東軒海日已先照，下界晨雞猶未啼」亦為人稱賞。

劉滄

　　劉滄（？～？）字蘊靈，生卒、里貫不詳。貌魁梧，尚節氣，善飲酒，好論古今事。數至長安，大中八年（854）進士，時已白頭紛紛。仕為華原尉、龍門令。許渾、趙嘏、劉滄七律多寫景懷古，氣格聲韻略類，然其才力有限，句意亦多相類。

經煬帝行宮

　　此地曾經翠輦過，浮雲流水竟如何。
　　香銷南國美人盡，怨入東風芳草多。
　　殘柳宮前空露葉，夕陽川上浩煙波。
　　行人遙起廣陵思，古渡月明聞棹歌[①]。

①李山甫《隋堤柳》云：「曾傍龍舟拂翠華，至今凝恨倚天涯。但經春色還秋色，不覺楊家是李家。背日古陰從北朽，逐波疏影向南斜。年年只有晴風便，遙為雷塘送雪花。」

項斯

　　項斯（？～？）字子遷，浙江臨海（浙江仙居）人。耽於吟哦，聲價藉甚，為張籍、楊敬之所稱。會昌三年，國子祭酒楊敬之《贈項斯》云：「幾度見君詩總好，及觀標格過於詩。平生不解藏人善，到處逢人說項斯。」項斯由是顯名，會昌四年登進士第，為潤州丹徒尉，卒於任所。

荊州夜與友親相遇

　　山海兩分岐，停舟偶似期。別來何限意，相見卻無辭。坐永神凝夢，愁繁鬢欲絲。趨名易遲晚，此去莫經時。

陳陶

　　陳陶（812？～885？）字嵩伯，江北人。舉進士不第，遂高居不求進達，自稱三教布衣，恣遊名山，不知所終。方干、杜荀鶴有哭陳陶詩。

隴西行①

　　誓掃匈奴不顧身，五千貂錦喪胡塵。
　　可憐無定河邊骨，猶是春閨夢中人。

①原作四首，選其二。王世貞《藝苑卮言》卷四稱，後兩句用意工妙，可謂絕唱，惜前兩句筋骨畢露。

李群玉

李群玉（813～861？）字文山，澧州（湖南澧縣）人。好吹笙，美翰墨，喜食鵝，曾應舉不第，以吟詠自適。盧肇《送李群玉》云：「妙吹應諧鳳，工書定得鵝」。後受知於裴休、令狐綯，大中八年（854）獻詩唐宣宗，得授宏文館校書郎，因耿介不合，不久告假乞歸。有《李群玉詩集》。

火爐前坐

孤燈照不寐，風雨滿西林。多少關心事，書灰到夜深①。

①李郢《闕下獻楊侍郎》有句：「聽殘曉漏愁終在，畫盡寒灰計不成。」清代翁同龢絕筆云：「六十年中事，傷心到蓋棺。不將兩行淚，輕向汝曹彈。」今高瑜改易數字，聊以自況：「七十年中事，淒涼到蓋棺。不將兩行淚，輕向汝曹彈。」

雨夜呈長官

遠客坐長夜，雨聲孤寺秋。請量東海水，看取淺深愁[1]。
愁窮重於山，終年壓人頭。朱顏與芳景，暗赴東波流。
鱗翼思風水，青雲方阻修。孤燈冷素豔，蟲響寒房幽。
借問陶淵明，何物號忘憂？無因一酩酊，高枕萬情休。

[1] 此詩前四句，洪邁《容齋隨筆》卷四誤為李頎詩。謝榛《四溟詩話》卷三
曰，若後削冗句，僅留四句，則不減太白矣。

黃陵廟[1]

小姑洲北浦雲邊，二女明妝尚儼然。
野廟向江春寂寂，古碑無字草芊芊。
風回日暮吹芳芷，月落山深哭杜鵑。
猶似含嚬望巡狩，九疑如黛隔湘川。

[1] 湘陰洞庭湖畔有黃陵廟，祀舜之娥皇、女英二妃，屈原《湘夫人》、杜甫
《湘夫人祠》皆詩之名篇，李群玉《黃陵廟》、《題二妃廟》、《湘妃
廟》、《湘中古怨》等詩亦詠二妃事。

李商隱

　　李商隱（813～858）字義山，號玉溪生、樊南生，原籍懷州河內，自祖父起遷居滎陽（河南滎陽）。幼年喪父，家境貧困，曾「傭書販舂」，開成二年與李肱、韓瞻同榜進士。先受知於令狐楚，後為王茂元婿，困於牛李黨爭，一生沉淪下官，曾任校書郎、弘農尉，王茂元、鄭亞、柳仲郢等人幕僚。崔珏《哭李商隱》云：「虛負淩雲萬丈才，一生襟抱未曾開。」李商隱博學強識，精駢文，善奏章，工詩，儷偶繁縟，辭難事隱，綺密瑰妍，風格與段成式、溫庭筠相近，段、溫、李三人皆排行十六，時稱「三十六體」。其文集、詩集等已佚，經北宋楊億等人廣為搜集，馮浩《玉溪生詩集箋注》最為詳贍精審。薛雪《一瓢詩話》稱：「前有少陵，後有玉溪，更無有他人可任鼓吹，有唐唯此二公而已」。

樂遊原

　　向晚意不適，驅車登古原。夕陽無限好，只是近黃昏。

散關遇雪

劍外從軍遠，無人與寄衣。散關三尺雪，回夢舊鴛機[1]。

> [1]杜牧情多，商隱情深。再如李商隱悼亡詩《房中曲》：「薔薇泣幽素，翠帶花錢小。嬌郎癡若雲，抱日西簾曉。枕是龍宮石，割得秋波色。玉簟失柔膚，但見蒙羅碧。憶得前年春，未語含悲辛。歸來已不見，錦瑟長於人。今日澗底松，明日山頭蘗。愁到天池翻，相看不相識。」

風雨

淒涼寶劍篇，羈泊欲窮年。黃葉仍風雨，青樓自管弦。
新知遭薄俗，舊好隔良緣。心斷新豐酒，銷愁斗幾千。

北青蘿

殘陽西入崦，茅屋訪孤僧。落葉人何在，寒雲路幾層。
獨敲初夜磬，閒倚一枝藤。世界微塵裏，吾寧愛與憎[1]！

> [1]法國現代詩人普列維爾《公園》：「一千年一萬年，也難以訴說盡，這瞬間的永恆！你吻了我，我吻了你，在冬日，朦朧的清晨；清晨在蒙蘇利爾公園，公園在巴黎，巴黎是地球上一座城，地球是天空中一顆星！」

蟬

本以高難飽，徒勞恨費聲。五更疏欲斷，一樹碧無情。
薄宦梗猶泛，故園蕪已平[1]。煩君最相警，我亦舉家清。

[1]梗指桃梗，用桃樹梗所刻木偶，遇雨而泛。人輕官微，漂泊不定，而故園
荒蕪，家亦難歸。

落花

高閣客竟去，小園花亂飛[1]。參差連曲陌，迢遞送斜暉。
腸斷未忍掃，眼穿仍欲稀。芳心向春盡，所得是沾衣[2]。

[1]語意為「小園花亂飛，高閣客竟去」，倒裝句。
[2]傷春惜春，此意誰解？其《聽鼓》亦抒流落不遇之慨：「城頭疊鼓聲，城
下暮江清。欲問漁陽摻，時無禰正平。」

柳[1]

動春何限葉，撼曉幾多枝。解有相思否，應無不舞時。
絮飛藏皓蝶，帶弱露黃鸝。傾國宜通體，誰來獨賞眉？

[1]唐人寫柳，或贈別，或喻人。李商隱之柳，柳也人也？又如其《贈柳》：
「章臺從掩映，郢路更參差。見說風流極，來當婀娜時。橋回行欲斷，堤
遠意相隨。忍放花如雪，青樓撲酒旗。」

如有①

如有瑤臺客，相難復索歸。芭蕉開綠扇，菡萏薦紅衣。
浦外傳光遠，煙中結響微。良宵一寸焰，回首是重帷。

①李商隱初創「無題」詩，有徑稱「無題」，有以首兩字為題如「如有」、
「錦瑟」、「昨日」而實亦「無題」。無題詩多寫香草、美人，情意委婉
而思深意遠，常有寄寓，「雖有涉於篇什，實不接於風流」。唐末韓偓、
吳融，清初、清末之詩亦多有寄託。

楊本勝說於長安見小男阿袞

聞君來日下，見我最嬌兒①。漸大啼應數，長貧學恐遲。
寄人龍種瘦，失母鳳雛癡。語罷休邊角，青燈兩鬢絲。

①李商隱又有《驕兒詩》，「袞師我驕兒，美秀乃無匹。……兒慎勿學爺，
讀書求甲乙。……當為萬戶侯，勿守一經帙。」北宋蔡啟《蔡寬夫詩話》
載，白居易老退，極喜李商隱文章，曰：「我死後，得為爾兒足矣。」
白居易逝後，李商隱受託撰墓碑銘，得子亦名「白老」。既長，白老殊鄙
鈍，而次子阿袞頗聰俊。

無題

八歲偷照鏡，長眉已能畫。十歲去踏青，芙蓉作裙衩。
十二學彈箏，銀甲不曾卸。十四藏六親，懸知猶未嫁。
十五泣春風，背面鞦韆下。

①此或為李商隱少作。寫少女傷春，亦似自傷。

隋宮

乘興南遊不戒嚴，九重誰省諫書函。
春風舉國裁宮錦，半作障泥半作帆。

霜月

初聞征雁已無蟬，百尺樓高水接天。
青女素娥俱耐冷，月中霜裏鬥嬋娟[1]。

[1]青女，霜雪之神；素娥，姮娥、嫦娥。此詩高標絕俗，耿介不隨。王夫之
賞其興在有意無意之間，而馮浩以為寫豔情。

夜雨寄北[1]

君問歸期未有期，巴山夜雨漲秋池。
何當共剪西窗燭，卻話巴山夜雨時。

[1]詩題洪邁《萬首唐人絕句》作「夜雨寄內」。然李商隱入東川節度使柳仲
郢幕時，已賦悼亡。此詩或為寄友之作，如溫庭筠？

賈生①

宣室求賢訪逐臣，賈生才調更無倫。
可憐夜半虛前席，不問蒼生問鬼神。

①賈生，西漢賈誼。《左傳・莊公三十二年》載，史嚚曰：吾聞之，國將
興，聽於民；將亡，聽於神。昭公二十七、十八年，鄭國子產亦曰：天道
遠，人道邇，非所及也，何以知之？王安石有同題翻案之作：「一時謀議
略施行，誰道君王薄賈生？爵位自高言盡廢，古來何啻萬公卿。」

暮秋獨遊曲江

荷葉生時春恨生，荷葉枯時秋恨成。
深知身在情長在，悵望江頭江水聲①。

①瞿蛻園稱，李商隱七絕，風神秀發，宛轉多情，若臨風弱柳，出水新荷，
讀來有一唱三歎之美。南宋晚期吳文英《踏莎行》結句：「隔江人在雨聲
中，晚風菰葉生秋怨。」

漢宮詞

青雀西飛竟未回，君王長在集靈臺。
侍臣最有相如渴，不賜金莖露一杯①。

①漢武求仙，金莖承露，而相如消渴，吝於一杯！此詩既嘲漢武求仙之愚
妄，刺漢武御下之冷酷，又借指唐代政事。

宿駱氏亭寄懷崔雍崔袞

竹塢無塵水檻清，相思迢遞隔重城。
秋陰不散霜飛晚，留得枯荷聽雨聲。

板橋曉別

回望高城落曉河，長亭窗戶壓微波。
水仙欲上鯉魚去，一夜芙蓉紅淚多①。

①李商隱、李郢或於大中四年相遇於汴州城西板橋。李商隱絕句，或運典
雅切，或構思深湛。此首寫別情，辭采高華，神韻悠然。李郢《板橋重
送》：「梁苑城西蘸水頭，玉鞭公子醉風流。幾多紅粉低鬟恨，一部清商
駐拍留。王事有程須仔仔，客身如夢正悠悠。洛陽浸畔逢神女，莫墜金樓
醉石榴。」

瑤池

瑤池阿母綺窗開，黃竹歌聲動地哀。
八駿日行三萬里，穆王何事不重來①？

①黃竹，地名，傳西周穆王遊黃竹之丘，遇風雪，見路有凍人，作詩三章
哀之。

嫦娥

雲母屏風燭影深，長河漸落曉星沉。
嫦娥應悔偷靈藥，碧海青天夜夜心[1]。

[1]今葉嘉瑩評：碧海無涯，青天罔極；情深意苦，長此終古。李商隱《月夕》，亦寫嫦娥之孤獨淒清：「草下陰蟲葉上霜，朱闌迢遞壓湖光。兔寒蟾冷桂花白，此夜姮娥應斷腸。」

日射

日射紗窗風撼扉，香羅拭手春事違。
回廊四合掩寂寞，碧鸚鵡對紅薔薇。

花下醉

尋芳不覺醉流霞，倚樹沉眠日已斜。
客散酒醒深夜後，更持紅燭賞殘花[1]。

[1]紅燭夜深伴花睡，浮生情多入夢甜。李商隱此詩，雅人深致。杜甫《江畔獨步尋花》七首、白居易《惜牡丹花》二首等篇，深情款款。蘇軾《海棠》，則氣象高貴：「東風嫋嫋泛崇光，香霧空蒙月轉廊。只恐夜深花睡去，故燒高燭照紅妝。」陸遊《花時遍遊諸家園》十首，惜花情切，愛花若狂。其八：「絲絲紅蕚弄春柔，不似疏梅只慣愁。常恐夜寒花索寞，錦茵銀燭按涼州。」

錦瑟①

錦瑟無端五十弦，一弦一柱思華年。
莊生曉夢迷蝴蝶，望帝春心托杜鵑。
滄海月明珠有淚，藍田日暖玉生煙。
此情可待成追憶，只是當時已惘然②。

①錦瑟，漆有錦紋之瑟。此詩意旨微奧，眾說紛紜。黃庭堅已言，「讀此詩，殊不曉其意」。元好問《論詩絕句》亦歎：「望帝春心托杜鵑，佳人錦瑟怨華年。詩家總愛西崑好，獨恨無人作鄭箋。」於此詩，有懷戀、詠物、悼亡、閨情、感遇、論詩、傷時等說，多以為晚年懷戀、自傷之說較似。周汝昌言，細思錦瑟無端、華年不再之歎，蝶夢迷離、鵑啼哀怨之慨，滄海月明而珠淚淒寒，藍田日暖而玉煙恍然，往復低回，幽傷要眇，其痛何深，其情何苦！
②讀李商隱詩，華麗、深情、典雅、神祕，意理完足，神韻悠長，雖時代杳遠，本事隱約，但覺其美，若有所思。

牡丹

錦帷初卷衛夫人，繡被猶堆越鄂君①。
垂手亂翻雕玉珮，折腰爭舞郁金裙②。
石家蠟燭何曾剪，荀令香爐可待熏③。
我是夢中傳彩筆，欲書花葉寄朝雲④。

①衛夫人，三國魏魚豢《典略》記孔子見衛夫人，「夫人在錦帷中」；鄂君，戰國楚王弟，名子晳，西漢劉向《說苑》卷十一載鄂君泛舟，越女擁楫而歌「今日何日兮，得與王子同舟……」鄂君揄袂擁之，舉被覆之。首聯寫牡丹含苞初放。
②垂手、折腰皆舞名，亦指舞姿。頷聯寫牡丹風姿若舞垂手、折腰，玉珮翻動，長裙飄揚。

③石家，石崇，《世說新語・汰侈》有「石季倫用蠟燭作炊」；荀令，三國魏荀彧，東晉習鑿齒《襄陽記》有「荀令君至人家，坐處三日香」。頸聯寫牡丹之光彩、馥香。

④彩筆，《南史・江淹任昉王僧孺列傳》載，江淹夢郭璞授五色筆，此指令狐楚教他作四六文；朝雲，指巫山神女。尾聯寫作者欲以彩筆麗句寫傾慕之情，寄巫山神女。誰為朝雲？李商隱早年受知令狐楚，見牡丹盛開，賦此遙獻令狐楚。以「朝雲」指令狐楚頗不倫不類，若指令狐某女，李商隱曾有求偶之意？全篇善於用典，八句八事而不見堆砌，明寫牡丹、佳人，暗寓身世、寄託，春意盎然，神思飛揚。

寫意

燕雁迢迢隔上林，高秋望斷正長吟。
人間路有潼江險，天外山唯玉壘深。
日向花間留返照，雲從城上結層陰①。
三年已制思鄉淚，更入新年恐不禁②。

①現代馮文炳以為，此聯情致凝滯，不若宋祁《玉樓春》「為君持酒勸斜陽，且向花間留晚照」之生動夷猶。
②李商隱東川幕府三年，思歸京都而不得，有杜甫「叢菊兩開他日淚」之感慨。

無題

昨夜星辰昨夜風，畫樓西畔桂堂東①。
身無彩鳳雙飛翼，心有靈犀一點通。
隔座送鉤春酒暖，分曹射覆蠟燈紅②。
嗟余聽鼓應官去，走馬蘭臺類轉蓬。

①此詩當作於開成四年正月，寫宰相裴度洛陽別墅湖園（內有桂堂）宴飲
　事，時李商隱任職祕書省（蘭臺）。
②送鉤、射覆，遊戲名。星辰璀璨，春風微冷，畫樓西，桂堂東，眉若有
　情，心若相通，而聚散匆匆，天各一方。七律僅八句，以抒情為主，寫景
　紀事亦從於抒情。而李商隱七律頗有敘事之作，如此詩、《正月崇讓宅》
　等，然惆悵不已，所思何人？

回中牡丹為雨所敗①

浪笑榴花不及春，先期零落更愁人。
玉盤迸淚傷心數，錦瑟驚弦破夢頻。
萬里重陰非舊圃，一年生意屬流塵。
前溪舞罷君回顧，並覺今朝粉態新②。

①回中，當為安定（甘肅涇原）之回中。榴花開晚，不及春天，而牡丹當
　春，凋零更悲。此詩寫作者雖中進士、考博學宏詞科，卻遭黜落之惆悵、
　傷感。
②前溪在今浙江永康，南朝時盛歌舞，《前溪歌》有「花落隨流去，何見逐
　流還？」

春雨

悵臥新春白袷衣，白門寥落意多違①。
紅樓隔雨相望冷，珠箔飄燈獨自歸。
遠路應悲春晼晚②，殘宵猶得夢依稀。
玉璫緘札何由達，萬里雲羅一雁飛③。

①袷同夾，袷衣即夾衣；白門，南朝建康（南京）南門俗稱白門，民歌中指
　男女相會之所。

②晼音晚，太陽將落。
③玉璫，珠玉耳墜，定情之物；雲羅，指白雲。此詩為旅途孤眠，懷人之
　作。紅樓珠箔，玉璫雲羅，詞麗語媚，而恨然不已。

無題①

其一

來是空言去絕蹤，月斜樓上五更鐘。
夢為遠別啼難喚，書被催成墨未濃。
蠟照半籠金翡翠，麝熏微度繡芙蓉。
劉郎已恨蓬山遠，更隔蓬山一萬重。

其二

颯颯東風細雨來，芙蓉塘外有輕雷。
金蟾齧鎖燒香入，玉虎牽絲汲井迴②。
賈氏窺簾韓掾少，宓妃留枕魏王才③。
春心莫共花爭發，一寸相思一寸灰。

①原作四首，選其一、二。其三為五律「含情春晼晚」，其四為七古「何處
　哀箏隨急管」。此四首主題，或說與令狐父子有關，寫李商隱與令狐楚某
　女有情，然終未成合，而遽娶王茂元女，空留相思。
②輕雷，車聲。金蟾，指香爐；玉虎，指井上轆轤。此聯喻思深人遠。
③賈氏指西晉侍中賈充之女，韓掾指賈充屬下韓壽；宓音覓，宓妃，洛神，
　代指甄氏。

南朝

玄武湖中玉漏催，雞鳴埭口繡襦回[1]。
誰言瓊樹朝朝見，不及金蓮步步來。
敵國軍營漂木柿[2]，前朝神廟鎖煙煤。
滿宮學士皆顏色，江令當年只費才[3]。

[1] 繡襦，指錦衣宮女。
[2] 柿音曹，木片。隋文帝欲伐陳，大造戰船，使投柿於江，眀示於陳。
[3] 「顏色」一作「蓮色」，指陳後主以宮女為學士，她們與朝臣宴飲酬答。
清代龔自珍《詠史》則借古諷今，悲憤莫名：「金粉東南十五州，萬重恩
怨屬名流。牢盆狎客操全算，團扇才人踞上游。避席畏聞文字獄，著書都
為稻粱謀。田橫五百人安在，難道歸來盡列侯？」牢盆，煮鹽器，漢代煮
鹽鐵鍋，此代指鹽商，實指鹽官。

馬嵬[1]

海外徒聞更九州，他生未卜此生休[2]。
空聞虎旅傳宵柝，無復雞人報曉籌。
此日六軍同駐馬，當時七夕笑牽牛。
如何四紀為天子，不及盧家有莫愁？

[1] 唐人詠唐玄宗馬嵬事甚多，皆推美唐玄宗，歸罪楊貴妃，而李商隱譴之。
[2] 九州為中國古稱，海外九州即中國之外，此指海外仙山。楊玉環死後，傳
言唐玄宗曾令方士去海外尋其魂魄，如白居易《長恨歌》，而「徒聞」、
「此生休」則意味海外、他生之虛妄不經，語含諷刺。

無題

相見時難別亦難，東風無力百花殘[1]。
春蠶到死絲方盡，蠟炬成灰淚始乾[2]。
曉鏡但愁雲鬢改，夜吟應覺月光寒。
蓬山此去無多路，青鳥殷勤為探看。

[1]南朝江淹《別賦》：「黯然銷魂者，唯別而已矣！」人生之事，往往只是
徵逐、經歷，不求結果、如意。
[2]南朝鮑令暉《作蠶絲》：「春蠶不應老，晝夜常懷絲。何惜微軀盡，纏綿
自有時。」人生自是有情癡。人必情癡，方能語癡，清代朱彝尊推此聯為
李商隱無題詩之冠。

隋宮

紫泉宮殿鎖煙霞，欲取蕪城作帝家[1]。
玉璽不緣歸日角，錦帆應是到天涯。
於今腐草無螢火，終古垂楊有暮鴉。
地下若逢陳後主，豈宜重問後庭花。

[1]紫泉即紫淵，長安水名，避李淵名而改，此指長安；蕪城，揚州特稱。
隋大業十二年（616），楊廣幸揚州江都宮，以越王侗等留守洛陽。大業
十四年，宇文化及江都兵變，縊煬帝，隋亡。

安定城樓[①]

迢遞高城百尺樓，綠楊枝外盡汀洲。

賈生年少虛垂淚，王粲春來更遠遊。

永憶江湖歸白髮，欲回天地入扁舟[②]。

不知腐鼠成滋味，猜意鵷雛竟未休。

①安定即涇州（甘肅涇川），涇原節度使治所。李商隱開成二年進士及
　第，次年入涇原節度使王茂元幕並為其婿，同年試博學宏詞科而被某中書
　黜落。
②杜甫《將赴荊南寄別李劍州》頸聯：「路經灔澦雙蓬鬢，天入滄浪一釣
　舟」。牛、李黨爭，李商隱依違無可，多受攻伐，此聯既昭「欲回天
　地」、報國建業之志，又示澹泊名利、功成歸隱之心，不獨登高懷古。王
　安石標舉此聯，深為歎賞，以為雖老杜無以過也。

杜工部蜀中離席

人生何處不離群？世路干戈惜暫分。

雪嶺未歸天外使，松州猶駐殿前軍[①]。

座中醉客延醒客，江上晴雲雜雨雲。

美酒成都堪送老，當壚仍是卓文君。

①杜甫《秋盡》頸聯：「雪嶺獨看西日落，劍門猶阻北人來。」

二月二日

二月二日江上行，東風日暖聞吹笙。

花須柳眼各無賴，紫蝶黃蜂俱有情。

萬里憶歸元亮井，三年從事亞夫營①。

新灘莫訝遊人意，更作風簷夜雨聲②。

①元亮井，指陶潛故居；（柳）亞夫營，暗寓「柳」營。此為大中七年居梓
　州作，時李商隱在柳仲郢幕府任職。
②結句一作「新春莫悟遊人意，更作風簷雨夜聲」。

重有感①

玉帳牙旗得上游，安危須共主君憂。

竇融表已來關右，陶侃軍宜次石頭②。

豈有蛟龍愁失水，更無鷹隼與高秋③。

晝號夜哭兼幽顯，早晚星關雪涕收。

①唐文宗大和九年，宰相李訓等人密誅宦官失敗，李訓、王涯、舒元輿三相
　均遭害，株連千余人，史稱「甘露之變」。李商隱繼《有感》二首，次年
　又作此詩，激憤之情，溢於楮墨。李生感懷往事，有《無題》：「長夜如
　磐月影移，昨日他年有所思：忽報湘江走白馬，又聞薊門流燕支。上苑春
　心發馨香，天街雷車響霹靂。瀛海惝恍風竟波，蘭臺何人題青詞？」
②昭義節度使劉從諫三上疏，問王涯等人被誅何罪，宦官氣焰稍斂，唐文宗
　得以保全。惜諸將未能如東晉陶侃，勤王誅奸，澄清寰宇。
③蛟龍失水，喻皇帝受宦官箝制；鷹隼，喻良臣猛將。

無題

重帷深下莫愁堂，臥後清宵細細長。
神女生涯原是夢，小姑居處本無郎。
風波不信菱枝弱，月露誰教桂葉香。
直道相思了無益，未妨惆悵是清狂。

重過聖女祠①

白石巖扉碧蘚滋，上清淪謫得歸遲。
一春夢雨常飄瓦，盡日靈風不滿旗。
萼綠華來無定所，杜蘭香去未移時。
玉郎會此通仙籍，憶向天階問紫芝。

①聖女祠，位於甘肅武都入川道旁，集中凡三見，或以為刺女道士者。李商
隱十八年前離京，過聖女祠，後沉淪下僚，今又重過，當為傷時自喻之
作。全篇迷離惝恍，空靈縹緲，極才人詞客之能事。

贈劉司戶蕡①

江風揚浪動雲根，重碇危檣白日昏。
已斷燕鴻初起勢，更驚騷客後歸魂。
漢廷急詔誰先入？楚路高歌自欲翻。
萬里相逢歡復泣，鳳巢西隔九重門。

①蕡音焚，劉蕡博學能文，嫉惡如仇，直言極諫，有澄清天下之志。據《新唐書‧藝文志》等載，劉蕡唐敬宗寶曆二年進士，次年舉賢良方正，考官馮宿等人見劉蕡對策，以為漢之晁錯、董仲舒，畏中宦而不敢取。河南府參軍李邰謂人曰：「劉蕡下第，我輩登科，實厚顏矣！」宦官深疾劉蕡，卒誣以罪，累遷澧州員外司戶。李商隱對他非常推崇，「平生風義兼師友」。後有《哭劉司戶》二首，《哭劉司戶蕡》等詩。

春日寄懷

世間榮落重逡巡，我獨丘園坐四春。
縱使有花兼有月，可堪無酒又無人。
青袍似草年年定，白髮如絲日日新。
欲逐風波千萬里，未知何路到龍津。

銀河吹笙

悵望銀河吹玉笙，樓寒院冷接平明。
重衾幽夢他年斷，別樹羈雌昨夜驚。
月榭故香因雨發，風簾殘燭隔霜清。
不須浪作緱山意，湘瑟秦簫自有情。

碧城①

碧城十二曲闌干，犀辟塵埃玉辟寒。
閬苑有書多附鶴，女牀無樹不棲鸞②。
星沉海底當窗見，雨過河源隔座看。
若是曉珠明又定，一生長對水精盤③。

①碧城，道書所稱仙境。原作三首，亦屬無題詩，而意象雜陳，解說紛紜：
　似諷刺唐代公主學道醜行，或描寫唐玄宗與楊貴妃之生死，或表達李商隱
　失意之抑鬱。
②閬苑，葛洪《神仙傳‧女仙篇》稱，昆侖圃閬風苑，西王母所居。「女
　牀」一作「女牆」；女牀，《山海經‧西山經》中仙山名。
③水精即水晶，李商隱等唐詩人以水精喻明淨清空之意象。

韓碑①

元和天子神武姿，彼何人哉軒與羲。
誓將上雪列聖恥，坐法宮中朝四夷。
淮西有賊五十載，封狼生貙貙生羆②。
不據山河據平地，長戈利矛日可麾。
帝得聖相相曰度，賊斫不死神扶持。
腰懸相印作都統，陰風慘澹天王旗。
愬武古通作牙爪，儀曹外郎載筆隨。
行軍司馬智且勇，十四萬眾猶虎貔③。
入蔡縛賊獻太廟，功無與讓恩不訾。
帝曰汝度功第一，汝從事愈宜為辭。

愈拜稽首蹈且舞：金石刻畫臣能為。
古者世稱大手筆，此事不系於職司。
當仁自古有不讓，言訖屢頷天子頤。
公退齋戒坐小閣，濡染大筆何淋漓。
點竄堯典舜典字，塗改清廟生民詩。
文成破體書在紙，清晨再拜鋪丹墀。
表曰臣愈昧死上，詠神聖功書之碑。
碑高三丈字如斗，負以靈鼇蟠以螭。
句奇語重喻者少，讒之天子言其私。
長繩百尺拽碑倒，粗砂大石相磨治。
公之斯文若元氣，先時已入人肝脾。
湯盤孔鼎有述作，今無其器存其辭。
嗚呼聖王及聖相，相與烜赫流淳熙。
公之斯文不示後，曷與三五相攀追。
願書萬本頌萬過，口角流沫右手胝。
傳之七十有二代，以為封禪玉檢明堂基。

①韓碑，韓愈撰《平淮西碑》，多敘唐憲宗元和十二年（817年）裴度平定淮西藩鎮吳元濟事蹟。劉禹錫《平蔡州》三首，亦寫裴度、李愬事蹟。李愬不平，其妻唐安公主訴碑詞不實，憲宗詔令磨去韓愈文，命段文昌重撰。
②貜音出，似狸而大。
③愬武古通，指李愬、韓公武、李道古、李文通，儀曹外郎指禮部員外郎李宗閔，行軍司馬指韓愈，皆裴度出征時所部。

葛鴉兒

　　葛鴉兒（？～？）為晚唐女子，生平不詳，其《懷良
人》載晚唐韋縠《才調集》、韋莊《又玄集》。

懷良人

　　蓬鬢荊釵世所稀，布裙猶是嫁時衣。
　　胡麻好種無人種，正是歸時君不歸[①]。

①胡麻，又名芝麻、脂麻、油麻等，原產西域。明代顧元慶《夷白齋詩話》
　載，南方諺語：「長老種芝麻，未見得。」余不解其意。偶閱唐詩，始悟
　斯言其來遠矣。胡麻即今芝麻，種時必夫妻兩手同種，其麻倍收。君不
　歸，又作「底不歸」、「不見歸」。

曹鄴

　　曹鄴（816～？）字業之，一作鄴之，桂州陽朔（廣西
陽朔）人。大中四年進士，咸通初擢祠部郎中、洋州刺史、
吏部郎中，為官有直聲，咸通九年辭歸。有《藝文志》、
《經書題解》及《曹祠部集》。

代羅敷誚使君

常言愛嵩山，別妾向東京。朝來見人說，卻知在石城。
未必菖蒲花，只向石城生。自是使君眼，見物皆有情。
麋鹿同上山，蓮藕同在泥。莫學天上日，朝東暮還西[1]。

①亦諷亦諫，內實酸辛。再如其《薄命妾》：「薄命常惻惻，出門見南北。
劉郎馬蹄疾，何處去不得。淚珠不可收，蟲絲不可織。知君綠桑下，更有
新相識。」

官倉鼠

官倉老鼠大如斗，見人開倉亦不走。
健兒無糧百姓饑，誰遣朝朝入君口。

李頻

　　李頻（818～876）字德新，睦州壽昌（浙江建德）人。
少秀悟，於詩尤長，大中八年進士，調祕書郎，為南陵主
簿、武功令、建州刺史，「想取烝黎泰，無過賦斂均」，以
法治下，有政聲，卒於建州任上，父老為立廟梨山。詩多散
佚，南宋王野輯為《梨岳集》。

湖口送友人[①]

中流欲暮見湘煙，岸葦無窮接楚田。
去雁遠衝雲夢雪，離人獨上洞庭船。
風波盡日依山轉，星漢通宵向水懸。
零落梅花過殘臘，故園歸醉及新年[②]。

①詩題一作「湘中送友人」，或「湘口送友人」。
②結句一作「回首羨君偏有我，故園歸去又新年」。

于武陵

　　于武陵（？～？），杜曲（陝西西安）人，約生活於晚唐武宗、宣宗時。舉進士不第，遂攜書與琴，飄遊南北，久客吳楚，與無可、賈島交遊。又，于鄴（？～？），唐末五代人，舊《五代史》載于鄴後唐天成元年任都官員外郎，天成三年任工部郎中。《新唐書・藝文志》分別著錄《于武陵詩》一卷、《于鄴詩》一卷，辛文房《唐才子傳》始牽混二人為一。

勸酒①

　　勸君金屈卮，滿酌不須辭。花發多風雨，人生足別離。

①韋莊《又玄集》作晚唐武瓘詩。孟郊《勸酒》亦云：「白日無定影，清江無定波。人無百年壽，百年復如何。堂上陳美酒，堂下列清歌。勸君金曲卮，勿謂朱顏酡。松柏歲歲茂，丘陵日日多。君看終南山，千古青峨峨。」

高駢

　　高駢（821～887）字千里，幽州人，南平郡王高崇文之孫。家世禁衛，少嫻弓馬，唐懿宗時統兵禦黨項、吐蕃，鎮安南。僖宗時，移鎮西川，為政嚴酷，築成都城四十里。奉討王仙芝、黃巢，後擁兵自固，昭宗時封渤海郡王。好神仙，政大亂，為部將畢師鐸所殺。與諸儒交，雅好文學，今存詩一卷。

山居夏日

綠樹陰濃夏日長，樓臺倒影入池塘。
水精簾動微風起，滿架薔薇一院香。

崔魯

　　崔魯（？～？）字、生卒不詳，荊南（湖北江陵）人。大中或廣明間進士，曾任棣州司馬。王定保《唐摭言》卷十稱，崔魯慕杜紫微為詩，才情麗而近蕩，有《無機集》三百篇。復能為四六之文，辭亦深侔章句。

華清宮①

其一

　　　　草遮回磴絕鳴鑾，雲樹深深碧殿寒。
　　　　明月自來還自去，更無人倚玉闌干。

其三

　　　　門橫金鎖悄無人，落日秋聲渭水濱。
　　　　紅葉下山寒寂寂，濕雲如夢雨如塵。

許棠

　　許棠（822？～？）字文化，宣州涇縣（安徽涇縣）人。應試三十年，咸通十二年（871）進士，授涇縣尉，又嘗為江寧丞，潦倒以終。中和二年（882），曾撰《唐故浙江道五部兵馬大元帥平南節度使銀青光祿大夫檢校尚書令戴公（昭）墓誌銘並序》。

過洞庭湖

驚波常不定，半日鬢堪斑。四顧疑無地，中流忽有山。
鳥高恒畏墮，帆遠卻如閒。漁父時相引，行歌浩渺間。

羅鄴

　　羅鄴（825？～？）字不詳，余杭人，一說越州。長於文學，尤擅律詩，王定保《唐摭言》載，咸通、乾符間羅鄴與羅隱、羅虬齊名，時號「三羅」。然屢次下第，曾入郭銓、崔安潛等幕，垂老北上，卒於光化三年前。有《羅鄴詩集》。

雁

　　暮天新雁起汀洲，紅蓼花疏水國秋。
　　想得故園今夜月，幾人相憶在江樓？

途中寄友人

　　秋庭悵望別君初，折柳分襟十載餘。
　　相見或因中夜夢，寄來多是來年書。
　　攜尊座外花空老，垂釣江頭柳漸疏。
　　裁得詩憑千里雁，吟來寧不憶吾廬？

崔珏

崔珏（828？～？）字夢之，籍貫不詳，寄家荊州。大中間進士，任祕書郎、淇縣令。與李商隱交遊，有《哭李商隱》二首。

岳陽樓晚望

乾坤千里水雲間，釣艇如萍去復還。
樓上北風斜卷席，湖中西日倒銜山。
懷沙有恨騷人往，鼓瑟無聲帝子閒。
何事黃昏尚凝睇，數行煙樹接荊蠻。

曹松

　　曹松（830？～902？）字夢徵，舒州懷寧（安徽潛山）人。久困名場，流落南北，曾遊廣州、洪州、建州等地，光化四年二月進士，四月改元天復，同榜王希羽、劉象、柯崇、鄭希顏五人年皆七十餘，時號「五老榜」。授祕書省校書郎，不久去世。

己亥歲①

　　澤國江山入戰圖，生民何計樂樵蘇。
　　憑君莫話封侯事，一將功成萬骨枯。

①己亥歲（879）即乾符六年，高駢因屠殺黃巢起義軍，受到封賞，詩人有感而作。

貫休

　　貫休（832～912）本姓姜，蘭溪（浙江蘭溪）人。幼年出家和安寺，名貫休，字德隱，精佛經，工草隸，善丹青。乾寧年初，賚志謁吳越錢鏐、江陵成汭，不得意。後入益州，王建禮遇之，署號禪月大師。有《西嶽集》，弟子曇域重編為《禪月集》。

春山行

重疊太古色，濛濛花雨時。好山行恐盡，流水語相隨。
黑壤生紅黍，黃猿領白兒。因思石橋月，曾與道人期。

獻錢尚父[1]

貴逼人來不自由，龍驤鳳翥勢難收。
滿堂花醉三千客，一劍霜寒十四州[2]。
鼓角揭天嘉氣冷，風濤動地海山秋。
東南永作金天柱，誰羨當時萬戶侯？

[1] 貞明二年（916），吳越錢鏐稱尚父，而貫休獻詩當在乾寧年初（894），詩題當為後人所綴。此據《全唐詩》，宋初文瑩《續湘山野錄》亦載此詩，字句多異。

②文瑩《續湘山野錄》稱，貫休嘗以詩投錢鏐，鏐愛其詩，遣客吏諭之曰：
「教和尚改十四為四十州，方與見。」休性褊介，謂吏曰：「州亦難添，
詩亦不改，然閒雲孤鶴何天而不可飛邪？」遂飄然入蜀，以詩投孟知祥
（誤，當為王建）。

皮日休

　　皮日休（833～883？）字逸少，後字襲美，襄州竟陵
（湖北天門）人。初隱居襄陽鹿門山，性嗜酒，癖詩，自號
醉吟先生、間氣布衣。咸通八年進士，為著作郎，遷太常博
士。咸通十年與吳郡陸龜蒙相識為友，日相贈和，時稱「皮
陸」，其唱和編為《松陵唱和集》。黃巢陷長安，皮日休
為翰林學士，後不知所終。有《皮子文藪》等傳世，今蕭滌
非、鄭慶篤校注《皮子文藪》。

橡媼歎①

秋深橡子熟，散落榛蕪崗。傴傴黃髮媼，拾之踐晨霜。
移時始盈掬，盡日方滿筐。幾曝復幾蒸，用作三冬糧。
山前有熟稻，紫穟襲人香。細穫又精舂，粒粒如玉璫。
持之納於官，私室無倉箱。如何一石餘，只作五斗量。
狡吏不畏刑，貪官不避贓。農時作私債，農畢歸官倉。
自冬及於春，橡實誑饑腸。吾聞田成子，詐仁猶自王。
籲嗟逢橡媼，不覺淚沾裳。

①皮日休感事寫意，作《正樂府十篇》，針砭時痾，諷諭時政，此為其二。

汴河懷古

盡道隋亡為此河，至今千里賴通波。
若無水殿龍舟事，共禹論功不較多。

陸龜蒙

　　陸龜蒙（？～882）字魯望，自號天隨子、江湖散人、甫里先生，吳郡人。舉進士不第，曾為湖州、蘇州刺史從事。後隱居松江甫里，徵召不赴，耕讀生活，縱情山水，與范蠡、張翰被尊為「吳中三高」。又與皮日休日相贈和，時稱「皮陸」。有《甫里先生集》、《笠澤叢書》。

新沙

渤澥聲中漲小堤，官家知後海鷗知。
蓬萊有路教人到，亦應年年稅紫芝。

和襲美春夕酒醒

幾年無事傍江湖，醉倒黃公舊酒壚。
覺後不知明月上，滿身花影倩人扶。

白蓮

素䓾多蒙別豔欺^①，此花真合在瑤池。
無情有恨何人覺^②？月曉風清欲墮時。

①䓾音尾，花。「素䓾」又作「素花」、「素葩」。
②此句一作「還應有恨無人覺」。此詩似祖李賀《昌谷北園新筍》，然陸詩
　寫白蓮，遺貌取神，別有懷抱，勝於李詩。

羅隱

羅隱（833～909？）字昭諫，號江東生，沈崧撰《羅給事墓誌》記其家余杭新城（浙江富陽）。本名橫，性簡傲，高談闊論，詩多諷刺，十舉進士不中，遂改名「隱」，時稱其與羅鄴、羅虬為「三羅」。後投錢鏐，為錢塘令，官終鹽鐵發運使。有《江東集》。

雪

盡道豐年瑞，豐年事若何？長安有貧者，為瑞不宜多！

蜂①

不論平地與山尖，無限風光盡被占。
採得百花成蜜後，為誰辛苦為誰甜？

①唐人詠物詩，時有意味深長之諷喻。如郭震《雲》：「聚散虛空去復還，野人閒處倚筇看。不知身是無根物，蔽月遮星作萬端。」梁鍠（或作李白）《傀儡吟》：「刻木牽絲作老翁，雞皮鶴髮與真同。須臾弄罷寂無事，還似人生一夢中。」日休《詠蟹》：「未遊滄海早知名，有骨還從肉上生。莫道無心畏雷電，海龍王處也橫行！」來鵬《雲》：「千形萬象竟還空，映水藏山片復重。無限旱苗枯欲盡，悠悠閒處作奇峰。」

曲江有感①

江頭日暖花又開，江東行客心悠哉。
高陽酒徒半凋落，終南山色空崔嵬。
聖代也知無棄物，侯門未必用非才。
一船明月一竿竹，家住五湖歸去來。

①詩題一作「歸五湖」。今吳世昌有句：「一無所長情偏激，百不如人意轉
　驕。」

牡丹花①

似共東風別有因，絳羅高卷不勝春。
若教解語應傾國，任是無情亦動人。
芍藥與君為近待，芙蓉何處避芳塵。
可憐韓令功成後，辜負穠華過此身②。

①羅隱因此詩而稱「羅牡丹」。
②韓令，胡仔《苕溪漁隱叢話・後集》卷二十三引《藝苑雌黃》：唐元和
　中，韓弘罷宣武節制，始至長安，私第有花，命斸去曰：「吾豈效兒女輩
　耶？」

韋莊

　　韋莊（836？～910）字端己，京兆杜陵人，初唐韋見素之後。少孤貧，才敏過人，乾寧元年進士，授校書郎。後以中原多亂，入川依王建，及王建稱帝，首預謀劃，拜散騎常侍，進吏部尚書、同平章事，諡文靖。嘗選杜甫、王維等一百四十二人詩為《又玄集》，以續姚合《極玄集》。韋莊經寇亂流離，寓目緣情，詩多傷時懷舊之作。詞風清俊，兼寫相思之情與家國之慨，清代周濟謂「初日芙蓉春月柳」，與溫庭筠同為大家。曾在杜甫浣花溪故址重作草堂，其弟韋藹編其詩文為《浣花集》。

章臺夜思

清瑟怨遙夜，繞絃風雨哀。孤燈聞楚角，殘月下章臺。
芳草已雲暮，故人殊未來。鄉書不可寄，秋雁又南回。

臺城

江雨霏霏江草齊，六朝如夢鳥空啼。
無情最是臺城柳，依舊煙籠十里堤。

金陵圖

誰謂傷心畫不成？畫人心逐世人情。
君看六幅南朝事，老木寒雲滿故城[1]。

[1] 晚唐高蟾《金陵晚望》亦云：「曾伴浮雲歸晚翠，猶陪落日泛秋聲。世間
無限丹青手，一片傷心畫不成。」元好問《題家山歸夢圖》、《懷州子城
晚望少室》、《雪香亭雜詠》等詩，數用「一片傷心畫不成」。

陪金陵府相中堂夜宴[1]

滿耳笙歌滿眼花，滿樓珠翠勝吳娃。
因知海上神仙窟，只似人間富貴家。
繡戶夜攢紅燭市，舞衣晴曳碧天霞。
卻愁宴罷青娥散，揚子江頭月半斜。

[1] 唐時潤州（江蘇鎮江）亦稱金陵。晚唐咸通、乾符間，士族縱情聲色，及
時行樂。韋莊此詩極寫夜宴豪奢，似諛實諷。再如其《長安清明》，家國
多難而長安歌舞昇平：「早是傷春夢雨天，可堪芳草更芊芊。內官初賜清
明火，上相閒分白打錢。紫陌亂嘶紅叱撥，綠楊高映畫鞦韆。遊人記得承
平事，暗喜風光似昔年。」

章碣

章碣（836～905）字麗山，睦州桐廬（浙江桐廬）人，或稱詩人章八元之孫，章孝標之子。累試不第，或言乾符三年進士，後流落不知所終。

焚書坑[1]

竹帛煙銷帝業虛，關河空鎖祖龍居。
坑灰未冷山東亂，劉項原來不讀書。

[1] 秦始皇有「焚書」、「坑儒」事，然未聞有「焚書坑」，蓋訛傳耳。毛澤東喜愛章碣此詩，一生曾多次書寫。1973年作《七律‧讀〈封建論〉呈郭老》：「勸君少罵秦始皇，焚坑事件要商量。祖龍魂死業猶在，孔學名高實秕糠。百代多行秦政治，十批不是好文章。熟讀唐人封建論，莫從子厚返文王。」錢鍾書1964《閱世》則云：「閱世遷流兩鬢摧，塊然孤嘯發群褢。星星未熄焚餘火，寸寸難燃溺後灰。對症亦知須藥換，出新何術得陳推。不圖牘長支離叟，留命桑田又一回。」

司空圖

　　司空圖（837～908）字表聖，河中虞鄉（山西永濟）人。咸通十年進士，官至知制誥、中書舍人。世亂，隱居中條山王官谷，自號知非子、耐辱居士，徵拜不起。唐哀帝被弒，絕食而卒。其《與李生論詩》、《與王駕評詩》等作影響頗遠，嚴羽、王士禎皆祖述其說。

退棲

　　宦遊蕭索為無能，移住中條最上層。
　　得劍乍如添健僕，亡書久似失良朋。
　　燕昭不是空憐馬，支遁何妨亦愛鷹[1]。
　　自此致身繩檢外，肯教世路日兢兢。

①中唐許嵩《建康實錄》卷八引《許元度集》：東晉支遁，字道林，常隱剡山東，不遊人事。好養鷹馬，而不乘放，人或譏之。遁曰：「貧道愛其神駿。」

高蟾

　　高蟾（？～？）字、生卒不詳，河朔間人。家貧，工詩，性倜儻，尚氣節。與鄭谷為友，酬贈稱高先輩。蹉跎場屋十年，乾符三年進士，乾寧間曾任御史中丞。

下第後上永崇高侍郎^①

　　天上碧桃和露種，日邊紅杏倚雲栽^②。
　　芙蓉生在秋江上，不向東風怨未開。

①詩題「高侍郎」或指高駢。《唐才子傳》載：高蟾初累舉不上，曾題詩省牆：「冰柱數條搘白日，天門幾扇鎖明時。陽春發處無根蒂，憑仗東風次第吹。」晚唐科舉弊端極多，高蟾兩詩寄興深微，怨而真切。
②秋江芙蓉風神清逸，春風桃杏顏色妖嬈，二花標格不同。清代李汝珍《鏡花緣》第八十回寫打燈謎，一花名謎謎面用此聯，謎底為「凌霄花」。

唐彥謙

　　唐彥謙（839～893？）字茂業，並州晉陽人。咸通十三年應進士試，十餘年不第；一言咸通十四年進士。後入王重榮幕，曾任晉、絳、閬、壁諸州刺史。晚年隱居襄陽鹿門山，號鹿門先生，景福前後去世。唐彥謙才高負氣，工書畫、音樂，詩初師法溫、李，後變淳雅，尊崇杜甫。有《鹿門集》，然朱緒曾、王兆鵬等人考證，誤收宋、元以來戴表元等人詩四十餘首。

採桑女

春風吹蠶細如蟻，桑芽纔努青鴉嘴。
侵晨探採誰家女，手挽長條淚如雨。
去歲初眠當此時，今歲春寒葉放遲。
愁聽門外催里胥，官家二月收新絲。

蒲津河亭

宿雨清秋霽景澄，廣亭高樹向晨興。
煙橫博望乘槎水，日上文王避雨陵①。
孤棹夷猶期獨往，曲闌愁絕每長憑。
思鄉懷古多傷別，況此哀吟意不勝。

①煙橫博望、日上文王，如此用事，無限感慨。

黃滔

　　黃滔（840？～911？）字文江，泉州莆田人。工詩善文，與羅隱、林寬、崔道融、徐夤、翁承贊等友善。困於舉場二十餘年，乾寧二年進士，授校書、四門博士，天復元年歸閩，以監察御史里行充王審知威武軍節度推官。有《莆陽黃御史集》。

書事

　　望歲心空切，耕夫盡把弓。千家數人在，一稅十年空。沒陣風沙黑，燒城水陸紅。飛章奏西蜀，明詔與殊功。

魚玄機

　　魚玄機（841？～868）字蕙蘭，一說幼微為其名或字，
長安人。性聰慧，有才思，喜讀書屬文。咸通初為大中十二
年狀元、補闕李億妾，其妻裴氏妒不能容，入長安咸宜觀為
女道士，改名玄機。漫遊各地，盡情風月，曾與李郢、溫
庭筠等人以詩篇相酬答。因笞殺侍婢綠翹，為京兆尹溫璋
處死。

贈鄰女

　　羞日遮羅袖，愁春懶起妝。易求無價寶，難得有心郎。
枕上潛垂淚，花間暗斷腸。自能窺宋玉，何必恨王昌！

鄭谷

　　鄭谷（842～910？）字守愚，袁州宜春（江西宜春）人。七歲能詩，光啟三年進士，六年後授鄠縣尉，官終都官郎中，晚年歸隱宜春仰山書屋。與許棠、任濤、張蠙、李棲遠、張喬、喻坦之、周繇、溫憲、李昌符、劇燕、吳罕等十一人同時，皆寒士出身，屢試不第，又有詩名，活躍於咸通年間，合稱「咸通十哲」。詩名盛於唐末，世俗但稱「鄭都官詩」。有《雲臺編》、《宜陽集》。

長安夜坐寄懷湖外秘處士

萬里念江海，浩然天地秋。風高群木落，夜久數星流。
鐘絕分宮漏，螢微隔御溝。遙思洞庭上，葦露滴漁舟①。

　　①結句一作「遙知洞庭上，葦露滿漁舟」。起語甚壯，然結語何弱，氣格
　　何卑？

淮上與友人別

揚子江頭楊柳春，楊花愁殺渡江人。
數聲風笛離亭晚，君向瀟湘我向秦。

石城^①

石城昔為莫愁鄉，莫愁魂散石城荒。

江人依舊棹艅艎，江岸還飛雙鴛鴦。

帆去帆來風浩渺，花開花落春悲涼。

煙濃草遠望不盡，千古漢陽閒夕陽。

①清代金聖歎《選批唐詩》稱，此詩脫胎《黃鶴樓》，而自翻機杼，另出
新裁。

鷓鴣

暖戲煙蕪錦翼齊，品流應得近山雞。

雨昏青草湖邊過，花落黃陵廟裏啼。

遊子乍聞征袖濕，佳人纔唱翠眉低。

相呼相應湘江闊，苦竹叢深日向西^①。

①結句一作「相呼相喚湘江浦，苦竹叢深春日西」。鄭谷以此詩得名，人稱
「鄭鷓鴣」。

韓偓

　　韓偓（842？～923？）小名冬郎，字致堯，一作致光，晚號玉山樵人，京兆萬年人，其父韓瞻與李商隱皆為王茂元之婿。韓偓富於才情，十歲賦詩，李商隱譽其「雛鳳清於老鳳聲」。龍紀元年進士，後遷翰林學士、中書舍人，深得唐昭宗信任，屢欲相之而固讓。因抵忤朱溫，貶濮州司馬。昭宗被殺，韓偓挈族入閩，卒於福建南安。早歲詩多豔情，中歲感時傷事，風骨自遒，誠為唐代詩人之殿軍。韓偓詩風格綺麗，別有寄託，影響久遠，或稱李商隱、韓偓為唐代兩大唯美詩人、晚唐兩大詩人。有《香奩集》、《韓翰林集》。

幽窗①

刺繡非無暇，幽窗日鮮歡。手香江橘嫩，齒軟越梅酸。
密約臨行怯，私書欲報難。無憑諳鵲語，猶得暫心寬。

①此《香奩集》中之作，亦韓偓所謂「綺麗得意」者。

別緒

別緒靜愔愔，牽愁暗入心。已回花渚棹，悔聽酒壚琴。
菊露淒羅幕，梨霜惻錦衾。此生終獨宿，到死誓相尋。
月好知何計，歌闌歡不禁。山巔更高處，憶上上頭吟。

偶見

鞦韆打罷解羅裙，指點醍醐索一尊。
見客入來和笑走，手搓梅子映中門。

春盡

惜春連日醉昏昏，醒後衣裳見酒痕。
細水淨花歸別澗，斷雲含雨入孤村①。
人閒易得芳時恨，地迴難招自古魂。
慚愧流鶯相厚意，清晨猶為到西園。

①元好問以此聯入其詩《淮右》：「淮右城池幾處存，宋州新事不堪論。輔
　車謢欲通吳會，突騎誰當搗薊門。細水浮花歸別澗，斷雲含雨入孤村。空
　餘韓偓傷時語，留與累臣一斷魂。」

惜花

皺白離情高處切，膩紅愁態靜中深。

眼隨片片沿流去，恨滿枝枝被雨淋。

總得苔遮猶慰意，若教泥污更傷心。

臨軒一盞悲春酒，明日池塘是綠陰[1]。

[1] 此詩當作於唐亡之後，流寓泉州時，飽含唐室淪亡之恨。清末戊戌變法前，林旭曾作《送春擬韓致光》：「循例作詩三月盡，眼遭飄落太驚心。折成片片思全盛，綴得疏疏祝久禁。肯記帽檐曾競戴，無情屐齒便相侵。冬郎漫把傷春酒，早日池塘已綠陰。」

傷亂

岸上花枝總倒垂，水中花影幾千枝。

一枝一影寒山裏，野水野花清露時。

故國幾年猶戰鬥，異鄉終日見旌旗。

交親流落身羸病，誰在誰亡兩不知[1]。

[1] 其《登南神光寺塔院》（一作「登南臺僧寺」）：「無奈離腸易九迴，強擴懷抱立高臺。中華地向城邊盡，外國雲從島上來。四序有花長見雨，一冬無雪卻聞雷。日宮紫氣生冠冕，試望扶桑病眼開。」

張泌

　　張泌（？～？）字子澄，南陽泌陽人，生卒約與韓偓相當，唐末登進士第。曾滯留長安，四處漂泊，傳食諸侯。另，南唐李後主時亦有詩人張佖，曾為句容尉。

寄人

別夢依依到謝家，小廊回合曲闌斜。
多情只有春庭月，猶為離人照落花。

張喬

　　張喬（？～？）字伯遷，池州九華（安徽青陽）人。咸通十二年京兆府試《月中桂》，以「影高群木外，香滿一輪中」擅場，因以許棠首薦，落榜未第。曾任校書郎等職，後歸隱九華山。

書邊事

　　調角斷清秋，征人倚戍樓。春風對青塚，白日落梁州。
　　大漠無兵阻，窮邊有客遊。蕃情似此水，長願向南流。

河湟舊卒

　　少年隨將討河湟，頭白時清返故鄉。
　　十萬漢軍零落盡，獨吹邊曲向殘陽。

杜荀鶴

　　杜荀鶴（846～904？）字彥之，池州石埭（安徽石埭）人，自號九華山人。早年累舉不第，與方干、張喬、羅隱等有交，大順二年進士。杜荀鶴耽於苦吟，且丁亂世，詩以五、七律為主，多寄贈送別、投獻干謁之作，俗白流利，嚴羽稱之「杜荀鶴體」。自敘其集為《唐風集》，今存《杜荀鶴文集》三卷。

春宮怨

早被嬋娟誤，欲妝臨鏡慵。承恩不在貌，教妾若為容。
風暖鳥聲碎，日高花影重①。年年越溪女，相憶採芙蓉。

①屈原《離騷》有句：「眾女嫉余之蛾眉兮」。杜荀鶴以此聯揚名，後人多
　稱此詩為杜詩壓卷。而明代王世貞《藝苑巵言》卷四稱，去後四句，作絕
　句乃妙。

送人遊吳

君到姑蘇見，人家盡枕河。古宮閒地少，水巷小橋多。
夜市賣菱藕，春船載綺羅。遙知未眠月，鄉思在漁歌。

再經胡城縣

去歲曾經此縣城，縣民無口不冤聲。
新來縣宰加朱紱，便是生靈血染成。

山中寡婦

夫因兵死守蓬茅，麻苧裙衫鬢髮焦[1]。
桑柘廢來猶納稅，田園荒後尚徵苗。
時挑野菜和根煮，旋斫生柴帶葉燒[2]。
任是深山更深處，也應無計避征徭。

[1]「裙衫」一作「衣衫」。
[2]頸聯語雖俗白，意實沉痛。杜荀鶴久經離亂，時有憂惋傷懷之語，如《蠶婦》：「粉色全無饑色加，豈知人世有榮華。年年道我蠶辛苦，底事渾身著苧麻？」

李山甫

　　李山甫（？～？）字、生卒不詳，咸通間數舉進士不第。中和三年（883），依魏博樂彥禎幕府，次年導樂彥禎子樂從訓伏兵殺宰相、節度使王鐸，劫其家。光啟三年，以節度使判官出使太原。詩多感時怨切之作，而出語淺直俚俗。

寒食

柳礙東風一向斜，春陰澹澹蔽人家。
有時三點兩點雨，到處十枝五枝花[①]。
萬井樓臺疑繡畫，九原珠翠似煙霞。
年年今日誰相問，獨臥長安泣歲華。

[①]此聯語淺而雋，晚唐、宋人詩中每有此格。如吳融《閒望》之「三點五點映山雨，一枝兩枝臨水花」，唐末隱巒《蜀中送人遊廬山》之「溪邊十里五里花，雲外三峰兩峰雪」。七律初唐質勝於文，盛唐文質兼備，然大曆而後文勝質衰，唐末文浮質滅，輕浮纖巧，間得一二可採，其他則多鄙俗村陋。

李咸用

　　李咸用（？～？）生卒、里貫不詳，約唐懿宗、昭宗時人。久不第，有《贈來鵬》、《酬進士秦顒若》、《寄修睦上人》等詩，曾辟為推官。詩多樂府、律詩，有《批沙集》，楊萬里盛稱之，而辛文房詆為氣格卑下。

訪友人不遇

　　出門無至友，動即到君家①。空掩一庭竹，去看何寺花？短僮應捧杖，稚女學擎茶。吟罷留題處，苔階日影斜。

①其《秋日訪同人》等詩，亦情景相生，友情洋溢：「忽憶金蘭友，攜琴去自由。遠尋寒澗碧，深入亂山秋。見後卻無語，別來長獨愁。幸逢三五夕，露坐對冥搜。」

秦韜玉

　　秦韜玉（？～890？）字仲明，一作中明，京兆長安人。少有辭藻，工歌詠。與沈雲翔、林絢、鄭玘、劉業、唐珣、吳商叟、郭熏、羅虬輩凡十人，皆交結宦官，以僥倖冒進，時人譏稱「芳林十哲」。中和二年特賜進士及第，擢為工部侍郎、神策軍判官，後不知所終。

貧女

蓬門未識綺羅香，擬托良媒益自傷。
誰愛風流高格調，共憐時世儉梳妝①。
敢將十指誇纖巧，不把雙眉鬥畫長②。
苦恨年年壓金線，為他人作嫁衣裳。

①「時世儉梳妝」，時世即時尚，儉梳妝即險妝，指當時風行而怪異之高髻險妝。
②「纖巧」一作「偏巧」或「針巧」。頷頸兩聯詩意眾說紛紜，揣其語義，或為：誰愛（我）風流別致高格調，共憐（她們）時世怪誕險梳妝；敢（於）將十指誇纖巧，不（願）把雙眉鬥畫長。同時有薛逢《貧女吟》、李山甫《詠貧女》，而工拙顯見。

吳融

　　吳融（？～903？）字子華，越州山陰（浙江紹興）人。年少力學，詩名甚著，龍紀元年（889）進士，曾任翰林學士、中書舍人，目送大唐走向滅亡。與韓偓同朝，兼擅七律，並稱「吳韓」，有《唐英集》。

華清宮

四郊飛雪暗雲端，唯此宮中落旋乾。
綠樹碧簷相掩映，無人知道外邊寒。

富春

水送山迎入富春，一川如畫晚晴新。
雲低遠渡帆來重，潮落寒沙鳥下頻。
未必柳間無謝客，也應花裏有秦人。
嚴光萬古清風在，不敢停橈更問津。

金橋感事①

太行和雪疊晴空，二月郊原尚朔風。

飲馬早聞臨渭北，射雕今欲過山東。

百年徒有伊川歎，五利寧無魏絳功②？

日暮長亭正愁絕，哀笳一曲戍煙中。

①金橋，故址在山西長治西南。大順元年（890），唐軍與沙陀人李克用軍
　在山西作戰，屢敗，感慨詠之。
②《左傳·僖公二十二年》載：初，周平王東遷，辛有適伊川，見被髮而祭
　於野者，曰：「不及百年，此其戎乎！其禮先亡矣。」《左傳·襄公四
　年》：魏絳對曰：「和戎有五利焉……」晉悼公悅，使魏絳盟諸戎，修民
　事，田以時。吳融詩意指應審時度勢，安撫李克用。

崔道融

崔道融（？～907？）字不詳，荊州人，與司空圖、方干為詩友。乾寧二年前後，以徵辟為永嘉令。後恥事朱溫，避居於閩，號東甌散人。

梅花[1]

數萼初含雪，孤標畫本難。香中別有韻，清極不知寒。
橫笛和愁聽，斜枝倚病看。朔風如解意，容易莫摧殘。

[1]可與南北朝庾信、南宋陳亮《梅花》詩參讀。庾信：「當年臘月半，已覺梅花闌。不信今春晚，俱來雪裏看。樹動懸冰落，枝高出手寒。早知覓不見，真悔著衣單。」陳亮：「疏枝橫玉瘦，小萼點珠光。一朵忽先變，百花皆後香。欲傳春信息，不怕雪埋藏。玉笛休三弄，東君正主張。」

錢珝

　　錢珝（？～？）字瑞文，錢起曾孫，吳興人。善文辭，乾符六年進士，累遷尚書郎，宰相王溥薦知制誥，進中書舍人。光化三年貶撫州司馬，後不知所終。其《舟中集》二十卷已佚，組詩《江行無題》等存世。

未展芭蕉

　　冷燭無煙綠蠟乾，芳心猶卷怯春寒。
　　一緘書札藏何事，會被東風暗拆看？

王駕

　　王駕（851～？）字大用，河中（山西永濟）人，自號守素先生。大順元年進士，累官禮部員外郎，與鄭谷、司空圖為詩友。

社日

鵝湖山下稻粱肥，豚柵雞塒半掩扉。
桑柘影斜春社散，家家扶得醉人歸。

晴景

雨前初見花間蕊，雨後兼無葉底花。
蛺蝶飛來過牆去，應疑春色在鄰家。

崔塗

　　崔塗（854～？）字禮山，睦州桐廬（浙江桐廬）人。
出身孤寒，致力吟事，光啟四年進士。漂泊多地，每多離怨
之作，五律尤多佳句，今存詩一卷。

巴南道中除夜書懷

迢遞三巴路，羈危萬里身。亂山殘雪夜，孤燭異鄉人。
漸與骨肉遠，轉於僮僕親。那堪正漂泊，明日歲華新。

南山旅舍與故人別

一日又將暮，一年看即殘。病知新事少，老別舊交難。
山盡路猶險，雨餘春卻寒。那堪試回首，烽火是長安。

春夕旅懷

水流花謝兩無情，送盡東風過楚城。
蝴蝶夢中家萬里，杜鵑枝上月三更。
故園書動經年絕，華髮春催兩鬢生。
自是不歸歸便得，五湖煙景有誰爭？

惟審

　　惟審（？～？）生平不詳，晚唐江南詩僧。韋莊《又玄集》收其《賦得聞曉鶯啼》，今存詩三首。

賦得聞曉鶯啼

　捲簾清夢後，芳樹引流鶯。隔葉傳春意，穿花送曉聲。
　未調雲路翼，空負桂枝情。莫盡關關興，羈愁正厭生。

盧汝弼

　　盧汝弼（？～921？）一作盧弼，字子諧，郡望范陽，河中蒲人。少力學，工書畫，景福進士，隨昭宗自秦遷洛，官至祠部郎中、知制誥。後依太原李克用，為河東節度副使、戶部侍郎。李存勗嗣為晉王，承制封拜皆出其手。

和李秀才邊庭四時怨

其二

　　盧龍塞外草初肥，雁乳平蕪曉不飛。
　　鄉國近來音信斷，至今猶自著寒衣。

其四

　　朔風吹雪透刀瘢，飲馬長城窟更寒。
　　半夜火來知有敵，一時齊保賀蘭山。

黃巢

　　黃巢（？～884）字不詳，曹州冤句（山東菏澤）人。出身鹽商，曾應試進士而不第，善騎射，喜任俠。唐僖宗乾符二年率眾起義，後為領袖，率軍南破廣州，廣明元年下長安，即帝位，國號大齊，年號金統。後戰敗，中和四年死於泰山狼虎谷。

題菊花①

颯颯西風滿院栽，蕊寒香冷蝶難來。

他年我若為青帝，報與桃花一處開。

①南宋張義端《貴耳集》卷下：黃巢五歲與翁、父賦菊花詩，信口吟道「堪與百花為總首，自然天賜赭黃衣」。父以為怪，翁令再賦，黃巢應聲而吟此詩。後應試不第，又有《菊花》（一題「不第後賦菊」）：「待到秋來九月八，我花開後百花殺。沖天香氣透長安，滿城盡帶黃金甲。」意似崇高，殺氣騰騰。

齊己

　　齊己（864？～943？）本姓胡，名得生，潭州長沙人，一說潭州益陽人。少孤，後為僧，名齊己，性耽吟詠，雲遊四方，自號衡嶽沙門。與皎然、貫休被譽為唐代三大詩僧。有《白蓮集》、《風騷旨格》。

登祝融峰

猿鳥共不到，我來身欲浮。四邊空碧落，絕頂正清秋。
宇宙知何極，華夷見細流。壇西獨立久，白日轉神州。

早梅

萬木凍欲折，孤根暖獨回。前村深雪裏，昨夜一枝開①。
風遞幽香去，禽窺素豔來。明年如應律，先發望春臺。

①北宋陶岳《五代史補》卷三：齊己攜詩謁鄭谷，有《早梅》詩，鄭谷笑謂曰：「『數枝』非『早』也，不若『一枝』則佳。」齊己矍然，不覺兼三衣，叩地膜拜。亦有人以為，數枝開本自然現象，一枝開有做作之痕。

譚用之

　　譚用之（？～？）字藏用，生平不詳，唐末五代湖南人。仕途困躓，常年流落他鄉，善七律，多贈別之作，今存詩一卷。

秋宿湘江遇雨

江上陰雲鎖夢魂，江邊深夜舞劉琨。
秋風萬里芙蓉國，暮雨千家薜荔村[①]。
鄉思不堪悲橘柚，旅遊誰肯重王孫。
漁人相見不相問，長笛一聲歸島門。

①作者以此詩留名，「芙蓉國」亦為湖南別稱。清代薛雪《一瓢詩話》評：
　譚用之最多杜撰句法，硬用事實。偶有不杜撰、不硬用處，便佳。

附錄　唐代帝王建元表

朝代或國號	帝王	年號	西元起訖
唐	高祖李淵	武德	618～626
	太宗李世民	貞觀	627～649
	高宗李治	永徽	650～655
		顯慶	656～661
		龍朔	661～663
		麟德	664～665
		乾封	666～668
		總章	668～670
		咸亨	670～674
		上元	674～676
		儀鳳	676～679
		調露	679～680
		永隆	680～681
		開耀	681～682
		永淳	682～683
		弘道	683
	中宗李顯	嗣聖	684
	睿宗李旦	文明	684
	武后武曌	光宅	684
		垂拱	685～688
		永昌	689
		載初	689～690

朝代或國號	帝王	年號	西元起訖
周	則天帝武曌	天授	690～692
		如意	692
		長壽	692～694
		延載	694
		證聖	695
		天冊萬歲	695～696
		萬歲登封	696
		萬歲通天	696～697
		神功	697
		聖曆	698～700
		久視	700
		大足	701
		長安	701～704
		神龍	705
唐	中宗李顯	神龍	705～707
		景龍	707～710
	少帝李重茂	唐隆	710
	睿宗李旦	景雲	710～711
		太極	712
		延和	712
	玄宗李隆基	先天	712～713
		開元	713～741
		天寶	742～756
	肅宗李亨	至德	756～758
		乾元	758～760
		上元	760～762

朝代或國號	帝王	年號	西元起訖
唐	代宗李豫	寶應	762～763
		廣德	763～764
		永泰	765～766
		大曆	766～779
	德宗李適	建中	780～783
		興元	784
		貞元	785～805
	順宗李誦	永貞	805
	憲宗李純	元和	806～820
	穆宗李恒	長慶	821～824
	敬宗李湛	寶曆	825～827
	文宗李昂	大和	827～835
		開成	836～840
	武宗李瀍	會昌	841～846
	宣宗李忱	大中	847～860
	懿宗李漼	咸通	860～874
	僖宗李儇	乾符	874～879
		廣明	880～881
		中和	881～885
		光啟	885～888
		文德	888
	昭宗李曄	龍紀	889
		大順	890～891
		景福	892～893
		乾寧	894～898
		光化	898～901
		天復	901～904
		天祐	904
	昭宣帝李柷	天祐	904～907

秀威經典　　　　　　　　　語言文學類　PG1860　新視野44

唐詩選箋：中唐-晚唐

作　　　者/李　由
責任編輯/盧羿珊、杜國維
圖文排版/周妤靜
封面設計/王嵩賀

出版策劃/秀威經典
發 行 人/宋政坤
法律顧問/毛國樑　律師
印製發行/秀威資訊科技股份有限公司
　　　　　114台北市內湖區瑞光路76巷65號1樓
　　　　　電話：+886-2-2796-3638　傳真：+886-2-2796-1377
　　　　　http://www.showwe.com.tw
劃撥帳號/19563868　戶名：秀威資訊科技股份有限公司
　　　　　讀者服務信箱：service@showwe.com.tw
展售門市/國家書店（松江門市）
　　　　　104台北市中山區松江路209號1樓
　　　　　電話：+886-2-2518-0207　傳真：+886-2-2518-0778
網路訂購/秀威網路書店：http://www.bodbooks.com.tw
　　　　　國家網路書店：http://www.govbooks.com.tw

2017年10月　BOD一版
定價：350元
版權所有　翻印必究
本書如有缺頁、破損或裝訂錯誤，請寄回更換

國家圖書館出版品預行編目

唐詩選箋:中唐-晚唐 / 李由著. -- 一版. -- 臺北
　市 : 秀威經典, 2017.10
　　面； 公分. -- (語言文學類 ; PG1860) (新視
野 ; 44)
　BOD版
　ISBN 978-986-94998-5-9(平裝)

831.4　　　　　　　　　　　　106014720

讀者回函卡

感謝您購買本書，為提升服務品質，請填妥以下資料，將讀者回函卡直接寄回或傳真本公司，收到您的寶貴意見後，我們會收藏記錄及檢討，謝謝！如您需要了解本公司最新出版書目、購書優惠或企劃活動，歡迎您上網查詢或下載相關資料：http:// www.showwe.com.tw

您購買的書名：＿＿＿＿＿＿＿＿＿＿＿＿＿＿＿＿＿＿＿＿＿＿＿

出生日期：＿＿＿＿＿＿年＿＿＿＿＿＿月＿＿＿＿＿日

學歷：□高中 (含) 以下　　□大專　　□研究所 (含) 以上

職業：□製造業　□金融業　□資訊業　□軍警　□傳播業　□自由業
　　　□服務業　□公務員　□教職　　□學生　□家管　　□其它＿＿＿

購書地點：□網路書店　□實體書店　□書展　□郵購　□贈閱　□其他

您從何得知本書的消息？

　　□網路書店　□實體書店　□網路搜尋　□電子報　□書訊　□雜誌

　　□傳播媒體　□親友推薦　□網站推薦　□部落格　□其他＿＿＿＿＿

您對本書的評價：(請填代號　1.非常滿意　2.滿意　3.尚可　4.再改進)

　　封面設計＿＿　版面編排＿＿　內容＿＿　文／譯筆＿＿　價格＿＿

讀完書後您覺得：

　　□很有收穫　□有收穫　□收穫不多　□沒收穫

對我們的建議：＿＿＿＿＿＿＿＿＿＿＿＿＿＿＿＿＿＿＿＿＿＿＿

＿＿＿＿＿＿＿＿＿＿＿＿＿＿＿＿＿＿＿＿＿＿＿＿＿＿＿＿＿＿＿

＿＿＿＿＿＿＿＿＿＿＿＿＿＿＿＿＿＿＿＿＿＿＿＿＿＿＿＿＿＿＿

＿＿＿＿＿＿＿＿＿＿＿＿＿＿＿＿＿＿＿＿＿＿＿＿＿＿＿＿＿＿＿

11466
台北市內湖區瑞光路 76 巷 65 號 1 樓

秀威資訊科技股份有限公司　　　收

BOD 數位出版事業部

....

（請沿線對折寄回，謝謝！）

姓　　名：＿＿＿＿＿＿＿＿＿　年齡：＿＿＿＿＿　性別：□女　□男

郵遞區號：□□□□□

地　　址：＿＿＿＿＿＿＿＿＿＿＿＿＿＿＿＿＿＿＿＿＿

聯絡電話：(日)＿＿＿＿＿＿＿＿＿＿　(夜)＿＿＿＿＿＿＿＿＿＿

E-mail：＿＿＿＿＿＿＿＿＿＿＿＿＿＿＿＿＿＿＿＿＿